さらわれたい女

歌野晶午

角川文庫 14086

JN285528

目次

☆

「私を誘拐してください」

そうつぶやいたかと思うと、女は俺の手を握りしめた。

俺は仰天し、のけぞるように椅子を引いた。

四つの目が睨《にら》み合った。

女の瞳《ひとみ》はとろけるような濡《ぬ》れ羽色をしていた。熱く潤んだ輝きの中に、ぽかんと口を開けた俺がいる。

沈黙の中、瞬きもせず睨み合った。

女は、やがて、はっと顔を伏せ、青白い手をひっこめると、プラチナのリングを嘗《な》めるように、左の薬指を唇に当てた。

「私を誘拐して、主人に脅迫電話をかけてほしいんです」

もう一度つぶやき、女はゆっくり顔をあげた。

ガルボ・ハットのつばが、ふわりと揺れた。

それが、小宮山佐緒理《こみやまさおり》という女との出会いだった。

誘拐

1

「あんたの女房を預かっている」

男の声が言った。低く、しゃがれた声だった。

「なんだと!?」

小宮山隆幸《たかゆき》は叫び、受話器を持って立ちあがった。それと呼応するように、彼のデスクの斜め前方、衝立《ついたて》の陰で、何かが倒れる音がした。

「小宮山佐緒理ってのは、あんたの女房なんだろう?」

男は続けた。

「な、なんだ、君は」

小宮山は声をおさえて言った。

「こっちの質問に答えろよ。小宮山佐緒理ってえのは、あんたの女房なんだろう? 違うのか?」

「そ、そうだが……。君、最初に何と言った?」

「あんたの女房を預かっている」

「……、どういうことだ」

意味は充分理解できていたが、小宮山は尋ねた。

「鈍い野郎だな。誘拐したってことだよ」

「ふ、ふざけるな。いたずらはよせ」

「いたずらなんかじゃないぜ。じゃあ訊《き》くが、いま自宅に女房はいるのか? いるわけないよな。今日の昼、渋谷で姿を消したんだもんな。仲よく食事したあと、忽然《こつぜん》と。Lのフランス料理は旨《うま》かったかい?」

男は笑うように言った。

今日の昼、渋谷、L、フランス料理——小宮山の頭の中を言葉の断片が駆けめぐり、彼の体の中心を極度の緊張が走り抜けた。

「お、おまえは誰だっ?」

小宮山は荒い息づかいで尋ねる。

「だから言ってるだろう。あんたの女房を誘拐した人間だよ。あんたね、その横柄な態度はよしたほうがいいぜ。かわいい女房が霊柩車《れいきゅうしゃ》で帰宅だなんて、あまりいい気分しないだろう」

男の声に凄味《すごみ》が増した。

「佐緒理はどこにいる？」

小宮山はかまわず問い詰めた。

「答えられるか、ばか」

「ばかはおまえだ。誘拐だなんて……、警察に捕まるぞ」

「ばか野郎！　警察《サツ》を呼んだら女房はブッ殺す」

殺す!?

その言葉に、小宮山は激しい衝撃を受けた。

「いいか？　警察には絶対報《しら》せるなよ。黙ってこっちの要求に従ったら、女房は返してやる」

「佐緒理を電話に出せ」

「出せねえよ。腹一杯食べて、すやすやおねんねよ」

「佐緒理を電話に出せ！」

小宮山は叫ぶ。

「ちっ。ヒステリックな野郎だな。ちょっと待ってな」

男は吐き捨て、次に、

「おい、旦那《だんな》のご指名だ。余計なことはしゃべるんじゃないぞ」

どこか遠くに呼びかけるような声が聞こえた。

小宮山は不自由な右手で額の汗をぬぐった。顔をあげると、衝立の陰から、秘書の有村《ありむら》真樹《まき》が不審そうな顔を覗《のぞ》かせていた。

「君、これを」

小宮山は受話器を肩に挟むと、左手で机上の伝票を摑《つか》んで、

「これを経理へ出してきてくれ」

「あの……、奥様に何か？」

有村が小声で尋ねてくる。

「なんでもない。経理へ届けたら、そのまま帰っていいから」

小宮山は伝票を押しつけ、犬を追いはらうように掌《てのひら》を振った。

その時。

「あ、あなた……」

か細い声が小宮山の耳を突いた。

「佐緒理！」

小宮山は叫んだ。

「あなた、助けて……」

「佐緒理！　怪我は？　なにもされてないな？」

「ええ。でも、怖い……」

「佐緒理、どこにいる？」

「わからない」

「犯人は？　どんな男なんだ？」

「いらんことを訊くんじゃない」

男の声に代わった。

「本当に佐緒理は無事なんだろうな？　手荒なまねはしていないな？」

「心配するな。大切な商品だ。壊れ物《フラジャイル》のシールを貼って扱ってるよ。で、相談なんだが、あんた、いくらで引き取ってくれる？」

「ふざけるな！　いくらだ？　いくら欲しいんだ？」

「三千万円」

「三千万……」

小宮山は言葉を飲みこみ、ややしばらく宙を見つめたが、

「わかった。三千万渡せば佐緒理を返してくれるんだな？」

「そういうこと」

「それで？　いつ、どこへ持っていけばいい？」

「三千万は明日の正午までに集めておけ。現金《ゲンナマ》で三千万だぞ。取引の方法は次の電話で指示する。今すぐうちに帰って、電話番でもしておくことだ」

「おい、待ってくれ。もう少し時間をくれ。明日の昼だなんて、無茶だ」

「いいや。明日の昼までだ。あんた、社長なんだろう。三千万ぽっちなら、今すぐにでも用意できるはずだ」

「しかし、個人的に三千万となると」

「四の五の言うな。女房を愛してないのか？」

「……、わかった。用意する」

「繰り返すが、妙な気を起こすんじゃないぜ。仲間があんたを見張っている。警察を呼んだとわかったら、その時点でジ・エンドだ」

そんな捨て台詞《ぜりふ》を残して電話は切れた。

小宮山は受話器を置いた。大きく息をつき、掌を頰に当てた。じっとりと湿っているくせに異様な冷たさを持っていた。

腰を降ろし、煙草に火を点《つ》ける。が、心が落ちつくどころか、かえって動悸《どうき》が激しくなる。

小宮山は窓際に立った。

七色のイルミネーションが宵闇の渋谷を包んでいた。ガラスのおもてには、虚《うつ》ろな目をした男の顔が映じている。

はっとして腕時計を見る。長針と短針が重なっている。六時三十三分。六月二十四日月曜日午後六時三十三分。

小宮山はデスクに戻ると、震える指でダイヤルボタンを押した。

「はぁい、小宮山でございます」

いやになるほど快活な声が出た。

「ああ、姉さん。僕だ」

「あら、隆幸？」

「母さんと代わってくれ」

「今、お風呂《ふろ》」

「そう……。じゃあ、姉さんでいい。落ちついて聞いてくれ」

「なによ、おおげさね」

冴子《さえこ》はクックッと笑った。

「佐緒理が誘拐された」

「え？」

「佐緒理が誘拐されたんだ」

「隆幸！　今、なんて言ったの⁉」

金切り声があがった。

「だから、佐緒理が誘拐されたんだ」

小宮山は怒ったように繰り返した。

「かついでるんじゃないでしょうね？」

「本当だ。たった今、脅迫電話がかかってきた」

「どうして……」

「姉さん、落ちついて聞いてくれ」

「どうして佐緒理さんが誘拐されるのよ」

「知るか！　とにかく誘拐されたんだっ」

小宮山はわめいた。

その時、ノックの音がして、小宮山の返事を待たずにドアが開いた。有村真樹が戻ってきたのだ。小宮山は彼女に背を向けて声を落とした。

「まだ会社なんだ。家に帰ったらもう一度電話するけど、その前に母さんに伝えてもらいたいことがある」

「ねえ、脅迫電話って、それ、いたずらじゃないの？」

「違う」

「信じられない」

「この耳で佐緒理の声を聞いた」

「そんなばかなこと……。どうして佐緒理さんが誘拐されるのよ」

冴子は極度に興奮していた。これでは話を続けられそうにない。

「正志《まさし》と代わってくれ」

小宮山は言った。

「きっとなにかの間違いよ」

「いいから、正志と代わるんだ」

厳とした口調で命じた。冴子はなおも食いさがってきたが、金切り声はやがて、保留のメロディーに変わった。

小宮山は額の汗をぬぐった。ふと見ると、有村が衝立《ついたて》の陰に消えようとしていた。小宮山は何か声をかけようとしたが、それより早く正志の声が出てきた。

「義姉《ねえ》さんが誘拐されたって？」

正志の声もうわずっていたが、冴子ほどではなかった。

「ああ。どうもそうらしい」

小宮山はさらに声をひそめた。

「で、義姉さんは？　無事なんだね？」

「今のところはだいじょうぶみたいだ」

と小宮山が言うと、ほっとしたような空気が伝わってきた。

ひと呼吸置いて正志が尋ねてきた。

「犯人の要求は？」

「現金で三千万円」

「三千万……。期限は？」

「明日の午前中いっぱい」

「集められるの？」

「そのことで母さんに相談がある。少し金を貸してもらいたいんだ。時間を考えると、独りで全額用意できるかどうか、ぎりぎりのところなんだ」

「わかった。伝えておくよ」

「あとでもう一度電話する」

「あっ。兄さん！」

小宮山が切ろうとすると、正志が大声で呼び止めた。

「警察には、もう？」

「いや」

「だめじゃないか。すぐに通報しなきゃ」

生徒を叱《しか》る教師のような調子だった。

「警察に報せるなと命令された」

「そんなの、誘拐犯が使う決まり文句にすぎない」

「警察を呼んだら佐緒理を殺すと言った」

「はったりだよ。だいたい、兄さんが警察に報せたことを、犯人はどうやって知ることができるというの」

「仲間の一人が僕のことを見張っているらしい」

「兄さん、落ちついて。それこそはったりだ。本当に見張っているのなら、その事実を明かすもんか」

「しかし……」

「誘拐事件の捜査はね、ものすごく慎重に行なわれるんだぜ。被害者の家にやってくる刑事たちは、あらゆる詐術《さじゅつ》を駆使して忍び入るし、人質の安全が確保されるまでは、捜査状況はもちろんのこと、誘拐の事実さえも報道させない」

正志は非常に冷静だった。

「たしかにそうだな」

小宮山はつぶやいた。

「とにかく、今すぐに一一〇番して。こういった捜査は立ちあがりが早ければ早いほどいい」

「わかった」

「あとで兄さんのとこへ行くよ」

それで電話は切れた。

小宮山はゆっくりと受話器を置いた。

「あの……」

有村真樹がすぐそこに立っていた。

「これを取りに戻ったんです」

そう言ってハンドバッグを胸に抱いた。あとは何も言わない。うつむいて、ただ突っ立っている。

「聞いたんだろう？」

と睨《にら》みつけ、小宮山はシガレットケースの蓋《ふた》を爪で叩《たた》いた。

「申し訳ございません。ただならぬご様子でしたので、つい」

有村は深々と頭をさげた。衝立の陰、つまり彼女のデスクの電話で、小宮山と正志のやりとりを盗み聞いたのだ。

「家内が誘拐された。そういうことだ」

小宮山ははっきりと言った。

「誰にも言うんじゃないぞ」

有村は無言でうなずいた。

「おそらく明日は一日休むことになるだろう。予定はすべてキャンセルだ。風邪で熱があるとでも言っておいてくれ」

「あの、私、なんでもお手伝いいたします。お金を集めるのでしたら、早速手配いたします」

有村が言う。

「これは私個人の問題だ。会社の金を使うわけにはいかない」

小宮山は左右に首を振った。

「今晩、社長のご自宅に伺いましょうか？　警察の方が大勢いらっしゃるんでしょう。そのお体ではなにかとご不便かと」

有村は顔をあげ、一歩前に出た。

「ありがとう。気持ちだけ受け取っておくよ」

小宮山はそう言ったが、彼女がなおも口をもごもごさせているのを見て、

「君ができる一番の手伝いは、誘拐の事実を外に漏らさないことだ」

と強く念を押し、今度は一一〇番通報するために受話器を取った。

2

小宮山隆幸が荻窪《おぎくぼ》のマンションに帰り着き、もう一度実家に連絡を入れたのとほぼ同時に、一人の男がやってきた。

アルマーニ調の洒落《しゃれ》たスーツを着た三十前後の男で、左手に証券会社のステッカーを貼ったアタッシェケースを、右にはクマのぬいぐるみを抱えている。子煩悩のエリート・ビジネスマンといった雰囲気だ。

しかし男は鋭い声で言った。

「警察です。すべての窓にカーテンを引いてください」

よく見るとたしかに、小市民を威圧するような目を持っている。

リビングルームにあがりこむと、刑事はアタッシェケースを開けた。シールドや工具の類《たぐ》いがぎっしりと詰まっていた。

彼はカッターナイフを手にすると、あれよあれよというちに、巨大なぬいぐるみの背中を切り裂いて、中から小型のテープレコーダーを引き出した。そしてコードレスホンと

の間にシールドをつないでいく。

それから三分おきに来客があった。それぞれ、ケーキ箱に入ったヘッドホンや、ゴルフバッグの底に隠した電話機などを持参してきて、リビングはいつしか、五人の刑事と、そのみやげものであふれかえった。

「警視庁捜査一課の浜口《はまぐち》です」

最後にやってきた男がはじめて、小宮山に名刺を差し出してきた。体格はじつに立派だが、顔色がひどく悪い男だ。目のまわりには覚醒剤《かくせいざい》中毒患者のような隈《くま》を作っている。

「小宮山です。よろしくお願いします」

小宮山も名刺を渡し、一礼した。

「ほう、カフェ・ラシーヌの社長さんでしたか。こんなにお若い方が、あのチェーン店をねえ」

浜口警部補は小宮山の肩書きを見て、感心したように言った。

「社長といっても私は、父の跡をそのまま継いだだけです」

小宮山は頭を掻《か》いた。

「いや、それにしても立派なことだ」

と浜口は名刺を収め、ソファーに腰を落とした。

「おたくの店は、私もちょくちょく利用させてもらってますよ。なにしろコーヒー一杯百円だ」

「おかげで、たいした儲《もう》けになりません」

そう笑いながら、小宮山も腰を落ちつけた。

小宮山隆幸の亡父には非常な商才があった。日本人のコーヒー信仰に気づいた彼は、三代続いていた茶舗をたたんで、コーヒー豆の輸入商社、東亜商事を興す。それが軌道に乗ると今度は、中小のオフィスを相手に小売りをはじめる。コーヒーメイカーを無料で貸し出し、電話注文で豆や砂糖を届けて回ったのだ。

そして十年前、立ち飲み形式の喫茶店、カフェ・ラシーヌを発足させる。小宮山が大学を卒業し、父の下で働きはじめたちょうどそのころだ。

これもまた機を見るに敏であった。「百円コーヒー」と「ファーストフードのワンランク上」を売り文句に、瞬く間にチェーンを展開し、現在では、首都圏を中心に五十余の店舗を持つまでに成長している。

「安定は凋落《ちょうらく》のきざし」というのが父の口癖で、彼の目は常に、先へ先へと向いていた。それを考えると小宮山は跡継ぎ失格である。わずか三十歳で社長の椅子に就いたとはいえ、あれからもう一年半が過ぎた。なのに、父が拓《ひら》いた事業を維持するのにせいいっぱいで、次のニーズの先取りがまるでできていない。

「脅迫電話はここ、ご自宅にではなく、会社の方にかかってきたそうですね」

浜口はおもむろに切り出した。

「時刻は？」

小宮山はこめかみに指を当てて、

「六時半ごろだったと思います。いや、もう少し前だったか……。秘書に訊《き》けば正確な時刻がわかりますが」

と答えた。

「電話は、あなたが直接取ったのではなく、秘書の方を通じて回ってきたのですね？」

「はい。社長室への直通電話はすべて、秘書が受け、名前と時刻を記録することになっています」

「男は何と名乗りました？」

「秘書には、T銀行渋谷支店のサトウ、と言って私への取り次ぎを頼んだそうです」

「そこは、おたくの会社と関係のある銀行なんですか？」

「いいえ。しかし、取引のない金融機関からの電話は、まあ一種の勧誘ですが、頻繁にありますので、別に変には思いませんでした」

小宮山は浜口の意図を察し、先に答えた。

「声に聞き憶《おぼ》えは？」

「いいえ、まるで」

「声の特徴は？」

「特に……」

「訛《なま》りは？」

「ありませんでした」

「ま、声についてはいいでしょう。そのうち電話が入るでしょうから。では次に、脅迫電話の内容について詳しく聞かせていただきたいのですが——、ところで、お宅は禁煙ですか？」

浜口は、くわえかけた煙草をひっこめた。

「いえ、どうぞ」

小宮山は席を立ち、自分の部屋から灰皿を取ってきた。リビングは禁煙にしようと取り決めた佐緒理は、いない。

「いきなり、『あんたの女房を預かっている』でして」

小宮山も煙草に火を点《つ》け、例の男の脅し文句を、憶えているかぎり克明に説明した。

小宮山がひととおりしゃべり終えると、浜口が言った。

「奥さんは今日の昼に行方がわからなくなったということですが、そこのところを詳しく説明してください」

「私の会社は渋谷にありまして、家内が買物などで出てくる時は、よく一緒に昼をとるのですが、今日もそうでした」

「ほう、社長さんともなると、そんな自由が利くのですか。私なんかには一生縁のない話だ」

小宮山の耳には、愚痴というより皮肉に聞こえた。

「それで？　一緒に食事にいって、いつ行方がわからなくなったのです？」

「食事のあとです。私が支払いをしている間に、『外で待っている』と家内は先に出ていきました。私は支払いをすませたあと、社に電話を入れてから店を出たのですが、すると家内の姿が見当たらない」

「奥さんとはそれっきり？」

小宮山は小さくうなずいて、

「私がいけないんです。私が家内の言葉を信じなかったばかりに」

と頭を抱えた。

「どういうことです？　奥さんが何かおっしゃっていたのですか？」

浜口が覗《のぞ》きこんでくる。

「食事中、家内が言っていたんです。『家を出てからずっと、あとをつけられているような気がする』と」

「本当ですか？」

小宮山はうなずいた。

「もっと具体的なことはおっしゃってませんでした？」

「青い作業ジャンパーを着た男で、サングラスをかけていたそうです」

「髪形は？」

「さあ、それは」

「それも聞いていません」

「年齢は？」

「体格は？」

「ひょろひょろっとした感じだったとか」

浜口のペンが忙しく動く。それを見ながら小宮山は、溜《た》め息まじりに言った。

「ただちに交番へ駆けこむべきでした。でも、家内が不安そうに言ったことは気にかかったものの、たぶんいつもの気まぐれがはじまったのだ、ついふらふらとどこかの店に吸いこまれていったのだ、と高をくくってしまって」

実際、過去にもそういうことが何度かあった。背広の試着をしている小宮山を残してデパートから消えてしまったり、ヨーロッパ旅行中、ツアーのプログラムを無視して単独行動を取ったり。

「それと、昼食後、どうしてもはずせない約束が入っていたもので、私はそのまま社へ戻ってしまいました」

「そうするうちに夕方になって、脅迫電話がかかってきた」

「はい。うちへ何度電話を入れてみても、家内は出ない。ただの気まぐれと片づけていいものだろうか、と考えはじめた矢先でした」

浜口は唸《うな》った。手帳をペンでつっ突き、空いた指を耳の穴へ持っていく。

「奥さんと一緒に食事した店の名前は？」

「神山町《かみやまちょう》のLというビストロです。ニュージーランド大使館のそばの」

「ビストロ?」

浜口は眉《まゆ》をひそめた。

「早い話、レストランです」

小宮山が答えると、さらに煙たそうな顔になった。

「神山町というと、渋谷の中心から少々離れていますね」

「ええ。ちょっと歩くと、にぎやかな通りに出ますけど」

「あなたが店を出た時もやはり、人通りは少なかった?」

「はい。路上駐車している車が何台かあるだけで、人は全然」

「店を出た時刻は?」

「一時半ごろだったでしょうか」

「奥さんの恰好《かっこう》は?」

「ええと、白いブラウスに黒のタイトスカートです」

「無地ですか」

「ブラウスの襟と袖《そで》はバラの刺繍《ししゅう》になっていました。スカートのウエストのところにもワンポイントで白いバラが縫いとられていました」

佐緒理がことのほか気に入っていたデザインである。

「色は地味だが、バラの刺繍はかなり目立つな。奥さんの歳は?」

「二十七です。ああそれと、黒い帽子をかぶっていました。なんて言ったらいいでしょうか、つばが広くて、波を打ったような形で、こうやって、ちょっと斜めにかぶるんですが」

小宮山はうまく説明できない。

「ガルボ・ハット」

背後で声がした。

「フランスで買ってきた、あの帽子でしょう？　グレタ・ガルボがかぶっていたのと同じ形だ」

浜口は顔をあげ、影のように現われたライダースーツの男を、怪しむような目つきで嘗《な》めまわした。

「弟です。こちら、警視庁の浜口さん」

紹介すると、正志は軽く頭をさげ、ヘルメットだけその場に残してキッチンへ入っていった。

「同居されてるのですか？」

「いいえ。近くに住んでいまして、私独りではなにかと不便だろうと思い、来てくれたのでしょう」

小宮山の実家は、同じ杉並区内の永福《えいふく》にあり、母の妙子《たえこ》、弟の正志、姉の冴子、そして冴子の息子二人が住んでいる。

正志は小宮山より六つ下で、現在、大学の八年生。

二つ上の冴子は、小宮山の学友と結婚し、自他ともに認めるしあわせな家庭を築いていたのだが、わけあって今年のはじめから、七歳と四歳の息子を連れて実家に戻ってきていた。どんなにうまくいっている夫婦でも、元をただせば赤の他人であり、それが結婚生活をむずかしくさせる。

「奥さんの特徴は、ほかに？」

浜口がふたたび手帳に向かった。

「耳にダイヤのピアスをつけていました。あと、左の薬指に指環《ゆびわ》をはめています。これとペアのものです」

小宮山はプラチナのリングをはずして浜口に差し出した。

「ごく普通の結婚指環ですな」

浜口はリングを手に取り、その特徴を書きとめた。

「奥さんの写真を貸してください。全身が写っているやつと、顔のアップと。今日と同じ服で写っているものがあれば申し分ないのですが」

小宮山はそれに応じて席を立った。

リビングに戻ってみると、正志がコーヒーを配っているところだった。コンピュータ・ゲームとバイクでのスピード違反が趣味のモラトリアム・キッズだが、妙に女性的な一面も持っている。

「いやあ、綺麗《きれい》な奥さんですなあ」

佐緒理の写真を見て浜口が感嘆すると、その声に釣られて、ほかの刑事も彼の下に集まってきた。

「写真写りがいいだけですよ」

小宮山は手を振った。

「謙遜《けんそん》しなくてもいいって」

正志がにやにやした。小宮山はそれを睨《にら》みつけ、

「水をくれ」

と頼んだ。

香り豊かなコーヒーだったが、小宮山の胃は、それを受けつけなかった。穴があきそうに、痛い。

「遅いですね」

小宮山はぽつりと言った。九時になろうとしていた。

「そろそろかかってきてもよさそうだが」

浜口も時計を気にしたが、ベルは鳴らない。刑事たちがコーヒーをすする音だけがリビングに流れ続けた。

しばらくして浜口が言った。

「三千万円、明日の正午までに用意できそうですか？」

「絶対に用意します」

小宮山は力をこめて答えた。

「そうそう。お袋から預かってきた」

と正志がウエストバッグを開ける。

「できることなら、これには手をつけたくないな」

小宮山は預金通帳を受け取った。

「ところで小宮山さん、犯人について、何か心当たりはありませんか？」

浜口が首を突き出した。

「先ほど言ったとおりです。まったく聞き憶《おぼ》えのない声でした」

小宮山はかぶりを振った。

「犯人の声について尋ねているのではありません。あなたのまわりに、あなたの奥さんを誘拐しそうな……、いや、つまりですね、このような手段に訴えなければならないほど金に困ってる人物がいませんか？」

「顔見知りの犯行だとおっしゃるのですか？　しかしそうだったら、電話の声にピンときたはずです」

「電話の男は共犯者であると考えられます。主犯は、あなたと面識があるため、つまり、声から正体があばかれることを恐れて、表には出てきていないのです」

「なるほど。ですが、心当たりと言われても……」

小宮山は眉根を寄せ、こめかみに指を当てた。

「顔見知りの犯行だと決めつけていいのかなあ」

正志が割って入った。

「俺だったら、自分と面識のある人間をターゲットに選ばない。絶対に。だってさ、警察はまず、被害者のまわりから捜査を進めていくじゃない。金に困っている人間はいないか、怨《うら》みを抱いている人間はいないか。今だってそうしてる。なのに身近な金持ちを狙うなんて、さあ捕まえてくださいと言っているようなものだ」

浜口が気色ばんだ。正志は平然と続ける。

「見ず知らずの人間をさらって、その家を脅迫するのが、賢い誘拐だと思う。有名な私立幼稚園や小学校の近くで網を張って、誰でもいいからさらっていく。閑静な高級住宅街を独りで歩いている女性を車に押しこむ。

義姉《ねえ》さん、『家を出てからずっと、あとをつけられているような気がする』って言ってたんでしょう？　犯人はこのマンションに網を張っていたんだよ。このマンションに住んでいる人間なら誰でもよかった。そこにちょうど義姉さんが出てきた」

ここは荻窪界隈《かいわい》で一番の高級マンションである。そして表通りから百メートルほどはずれているため、通勤時間帯を除けば人も車も少ない。

「犯人は君と同じ頭を持っていない」

浜口が正志を睨《にら》みつけた。正志はそんなことにはおかまいなしに、

「あれっ？　なんか変だなあ。どうして犯人は渋谷までつけていって、そこでさらったの

だろう。たしかに渋谷のあのへんも人通りは少ないけれど、このあたりだって同じように寂しい。マンションの前で拉致《らち》しようと考えていたんだけど、義姉さんのほかにも人がいたのかな？　でもそれだったら、義姉さんはそのままやりすごして、別の人間を待てばいい」

「はじめから小宮山佐緒理さんに狙いをつけていたからだよ」

浜口が勝ち誇ったように言った。

「そうかなあ」

「いいかげんにしろ！」

小宮山は怒鳴った。

「おまえは捜査を混乱させる気か。佐緒理の命がかかっているんだぞ。これ以上余計な口出しをするな」

正志は頬を膨らませ、ぷいと去っていった。

「申し訳ありません。口がすぎるやつでして。おまけに言葉づかいも知らず」

小宮山は頭をさげた。

「私も、警察官になりたてのころは、ああでしたよ。なんとか手柄を立ててやろうと理屈をこねまわしては上司に拳骨《げんこつ》を食らう。拳骨を食らってはやけ酒をあおる。半ちくな年ごろは誰でもそうです」

浜口は笑ったが、どことなくぎこちないものだった。

小宮山は時計を見た。

「いいかげんかかってきてもよさそうだが」

十時である。

「じらしているんですよ」

こういうことに慣れているのか、浜口は悠然としている。

「佐緒理の身に何かあったのでは」

「だいじょうぶですよ」

「佐緒理……」

小宮山はつぶやき、唇を嚙《か》みしめた。

しかしその晩はとうとう、脅迫電話はかかってこなかった。

3

ノクターンのやさしい調べで体を包んでも、スコッチを生《き》で飲んでみても、小宮山隆幸はいっこうに寝つけなかった。心配ない、悪いほうに考えるな、と言い聞かせても、固く閉じた瞼《まぶた》の裏側に、苦しみ悶《もだ》える妻の姿がちらちらと浮かんでくるのだ。

佐緒理は、まるで子どものように、自分の感情に素直な女だった。

気鬱《きうつ》な日には部屋に閉じこもり、玄関のチャイムや電話のベルを無視した。めんどくさくなったという、ただそれだけの理由で、待ち合わせをすっぽかした。「波の音が聞きたくなった」などと言って、夜中にふいっと出かけていくことも珍しくなかった。

沈みがちな時に人を避けたくなる気持ちはどうにか理解できても、この「波の音が聞きたくなった」には、小宮山も面食らった。どうして夜中に出かける必要があるのだ。日中聞きにいけばいいではないか。ところが佐緒理に言わせると、思った時に行動を起こさないと意味がない、気持ちがだめになってしまう、らしい。まるで芸術家気取りだ。

波の音、街の灯、春風の暖かさ、雨の匂い——佐緒理は様々なものを夜中に欲し、小宮山が止めても、時には無断で、その欲求を満たしにいくのだった。

小宮山は、だから、独り寝には慣れている。ふと目が覚めてベッドの横が空いていても、まったく動じない。ああまたか、とあきれ返っただけで、ふたたび深い眠りに就いてしまう。

だが、今は違う。

この胸苦しさ、この喉《のど》の渇き、そして焦燥感。

佐緒理が今、小宮山の横にいないのは、波の音を聞きにいっているからではないのだ。街の灯を見にいっているのでも、春風の暖かさを感じにいっているのでも。

小宮山はとうとう一睡もできずに六月二十五日の朝を迎えた。

依然として二回目の連絡は入らない。

小宮山は九時を待たずに五つの銀行と連絡を取り、そして十一時過ぎには、各銀行から届けられた三千枚の一万円札がリビングのテーブルの上に山積みになった。

すべて新札である。当然、帯封された百枚ごとに続き番号になっている。

小宮山と正志は、番号が続いていない古い紙幣のほうが安全なのではないかと主張したのだが、犯人は特に指定してきていない、というのが警察の言い分だった。

「人命より自分たちの楽か」

などと正志は毒づいて、紙幣番号を控える刑事たちの神経を逆なでしたが、そうするうちに約束の正午になった。

はたして、ネイビーブルーのコードレスホンは鳴った。

「逆探知します。なるべく長く話してください」

と言って浜口は、ヘッドホンを片方だけ耳に当てた。小宮山はうなずき、目を閉じて受話器を取った。

「もしもし、有村です」

小宮山の肩から力が抜けた。受話器を口から離し、浜口に言う。

「会社の者です」

浜口は、ふうと溜《た》め息を漏らした。小宮山は送話口に向かって、

「君、事情はわかっているだろう。仕事の話なら明日にしてくれ。今はそれどころじゃないんだ」

と叱った。

「いいえ、それが、きのうの男から電話がありまして」

「きのうの男……？　あれか⁉　T銀行のサトウ⁉」

弛緩《しかん》したリビングの空気がふたたび張りつめた。

「はい。たった今」

「それで？　それで、やつは何と？」

「メモはございますか？」

「ああ、だいじょうぶだ」

この通話は録音されている。

「『昨日の融資の件で大至急お話ししなければならないことがあります。十二時五分になりましたら、シャープ8501にダイヤルして、連絡番号3392539×、暗証番号1102で私を呼び出してください』」

有村はそれをもう一度繰り返し、通話は終わった。

「シャープ8501、連絡番号339253 9×、暗証番号1102。何だ、こりゃ」

ヘッドホンをはずしながら、浜口が眉《まゆ》をひそめた。

「シャープ8501……。それって、伝言ダイヤルの番号だよ」

正志が言った。

「ああ、そうだ。シャープ8501は伝言ダイヤルの再生、追加に使う番号だ」

刑事の一人も納得した。

「伝言ダイヤル？」

小宮山は首をかしげた。その存在はマスコミを通じて知っていたけれど、実際に利用したことはなく、具体的にはどういうシステムなのかわからない。

だが説明を受けている時間はない。十二時五分まで三十秒を切っている。

「とにかくかけてください」

浜口も言う。

小宮山は受話器を取って、まずは、#、8、5、0、1と押した。

「NTT都内専用伝言ダイヤルセンターです。このサービスは通話料のほかに伝言ダイヤルセンターの利用料がかかりますので、通常の通話料より高くなっています。ピッという音のあとに、六桁《けた》から十桁の連絡番号とシャープを押してください」

機械的な女性の声でアナウンスされた。小宮山はメモを見ながらしたがった。

339253９×#。

指定された連絡番号とやらを押しているうちに、小宮山はそれが自宅の電話番号であることに気づいた。

「登録している暗証番号とシャープを押してください」

1102#。

十一月二日は佐緒理の誕生日ではないか。

「伝言されるかお聞きになるかをご指定ください。新たに伝言される時は数字の3とシャープを、また、伝言をお聞きになる時は数字の7とシャープを押してください」

ガイダンスのスピードについていけず、小宮山の指がダイヤルボタンの上をさまよった。

「7とシャープです」

刑事の一人が言ってきた。

7＃。

「新しい伝言からお伝えします。お聞きになっている途中で数字の9とシャープを押すと次の伝言に移り、数字の8とシャープを押すと伝言を繰り返します」

女性の声が消え、シャーッというテープのノイズが聞こえてきた。小宮山は唾《つば》を飲みこんだ。

「三千万円は紙の手さげ袋に入れて、袋の口をガムテープで隙間なく目貼りしろ。作業は十五分もあれば充分だろう。十二時二十分になったら、今と同じ方法でこの番号にかけろ。次の指示を入れておく」

道のりが長かったにもかかわらず、例の男のメッセージはそれきりだった。

「ご利用いただき、ありがとうございました」

状況をわきまえていないアナウンスが入り、電話は一方的に切れた。

「手さげ袋を探してきます」

小宮山が言うより早く、刑事たちは動いていた。銀行員が置いていった手さげ袋に紙幣を詰めこんでいる。ガムテープも警察の荷物の中にあった。

「手強《てごわ》いやつだな」

正志が唸《うな》った。

「犯人は最初の電話で、次の連絡を自宅で待て、と言った。警察は、だから、ここに連絡が入ると考え、ここの電話だけマークしていた。ところが二回目の電話も、ノーマークの会社にかかってきた。

そしてなによりも、伝言ダイヤルに指示を吹きこんだところに周到さを感じる。伝言という一方的な手段で指示を送ることにより、逆探知のための時間稼ぎにひっかからずにすむ。いや、そもそも、伝言ダイヤルはリアルタイムの通話じゃないから逆探知のしようがない」

小宮山はようやくわかってきた。

通常の通話は、発信者Aと受信者Bとが一本の糸でダイレクトにつながっている状態にある。したがってB側から糸をたどっていくことによってAにたどり着くことが可能となる。しかしAとBの間に伝言ダイヤルが介在すると、B側から糸をたどっていっても、伝言ダイヤルセンター止まり、そこからAにつながる糸はない。Aと伝言ダイヤルセンターをつないでいた糸は、Bが伝言ダイヤルセンターに電話する以前に切れているのだ。

「でも兄さん、これでひと安心だよ。やつは相当な知能犯だ。そんな人間は決して、暴力的な手段に訴えない。義姉《ねえ》さんは何ひとつ危害を加えられていない」

正志が小宮山の背中を叩《たた》いた。

「小宮山さん、次の指示を聞いてください」

浜口が受話器を差し出してきた。

「早いですよ」

小宮山は言い返した。まだ十二時八分である。

「指定の時間に遅れるのはまずいですが、早いぶんには問題ないでしょう。それに、次の指示が早めにわかれば、われわれもそれだけ早く行動を起こせます」

「今かけても無駄だと思うけどなあ。犯人はおそらく、十二時二十分ちょうどにメッセージを入れ終えるよう、タイムテーブルを組んでいるはずだ」

正志が口を挟んだ。浜口は一瞬不快な様子を見せたが、

「さあどうぞ」

と小宮山の手に受話器を握らせた。

小宮山は先ほどと同じ手順で番号を押していった。

＃８５０１、３３９２５３９×＃、１１０２＃、７＃。

「三千万円は紙の手さげ袋に入れて、袋の口をガムテープで隙間なく目貼りしろ。作業は十五分もあれば充分だろう。十二時二十分になったら、今と同じ方法でこの番号にかけろ。次の指示を入れておく」

先と同じ伝言が流れた。そして、

「ご利用いただき、ありがとうございました」

で終わった。

「警察に先回りされたくないんだ」

それみたことかと正志が言った。

浜口はもちろん、ほかの刑事たちも、あからさまに顔をしかめた。一種殺伐とした空気がリビングルームを支配して、それは小宮山が正志を叱ったところで消えようとしなかった。

十二時二十分。

小宮山はみたび伝言ダイヤルセンターを呼び出した。今度は次の指示が入っていた。

「現金を詰めた手さげ袋を持って、今すぐ車に乗れ。もちろん、あんたが、あんたの車――たしかボルボだったな――を運転するんだ。行き先は、中央道下り線の三鷹《みたか》料金所。料金所のゲート前に車を停めて、しばらく待て。リミットは一時三十分だ。一時三十分までに現われなかった場合は取引を中止する。抜本的な渋滞対策を講じない交通行政当局を怨《うら》むことだな。それから、警察は呼んでいないと思うが、念のため忠告しておく。もしもあんた以外の人間が運転していたり、不審な車をお伴に連れていたら、それがわかった時点で取引を中止する。以上を了解したなら、その旨、この伝言ダイヤルに吹きこんでおくこと」

この新しい伝言が流れたあと、一回目の伝言が出てきたが、小宮山はその途中で電話を切った。

「小宮山さんはこれを持って、ご自分の車に乗ってください。われわれは別の車であとをついていきます。それから、三鷹料金所周辺もかためておきます」

浜口が手さげ袋を差し出してきた。

「ですが……」

小宮山は口ごもり、右腕を押さえた。

「なあに、心配にはおよびませんって。われわれはそれでメシを食っているのです。尾行や張り込みが犯人に悟られることはありません。絶対に」

浜口は快活に笑う。

「それが……、私は今、運転できないのです」

小宮山は唇を噛《か》んだ。

「免停中？　この際かまいません」

「目、開いてる？　きのうから何見てたんだよ」

正志が怒ったように口を挟んだ。

「兄さんは怪我してるんだ。暴走族《ゾク》のバイクにぶつけられて」

と小宮山の右の袖口《そでぐち》から覗《のぞ》いた包帯を指さす。

「怪我の具合は？」

浜口の眉間《みけん》に皺《しわ》が寄った。

「だからぁ、縫ったばかりで運転できないんだって」

正志が言い、小宮山は無念の表情でうなずいた。

小宮山の側にも非はあったのだが、傷はかなり深く、十二針縫って三日経った今でも、右手首から先を動かしただけで鋭い痛みが走り、ことに物を握る際のそれは叫びだしたくなるほどで、とてもハンドルを握るどころではない。そして小宮山には片手で運転する自信もなかった。

「わかりました。ではこうしましょう。われわれの一人が運転して、小宮山さんは助手席に座っていただく」

ぽんと手を叩き、浜口が提案した。

「だめです、そんなこと。警察に通報したと教えているようなものだ」

小宮山は手を振った。

「だいじょうぶです。犯人は、了解の言葉を伝言ダイヤルに入れておくよう指示してきています。小宮山さんはその際、自分は怪我をしているので身内の者に運転させる、と断わっておくのです。さて、誰に行ってもらおうか」

浜口は早速、四人の部下を物色する。

「子どもだましだ」

凛《りん》とした声が響いた。正志である。

「仲間が見張っているというのははったりだとしても、犯人は、いずれどこかで、兄さんの車に近づいてくるんだ。その時兄さんの横に不審な人物がいたら、犯人は接触するのをやめてしまう。尾行は気づかれないと思うけど、兄さんと一緒に警察の人間が行動するなんて、それは絶対にまずい」

「だから、小宮山さんとは別の人間が運転する旨をあらかじめ伝えておく、と言ってるだろう」

浜口が声を荒げた。

「そんなの信じるもんか。ひと目見て、あいつは刑事だとピンとくる。ここにいるみんながそんな顔をしている」

正志が一座を指さした。浜口はしばし返答に窮したが、

「君ね、そんなことを言っても、お兄さんは怪我をしているんだよ。無理に運転して事故でも起こしたら、それこそ取り返しがつかない」

と言った。

「本当の身内が運転すればいい。俺だったら警察官には見えない。でしょう?」

と正志は、束ねて馬のしっぽのようになった髪を摑《つか》んでみせた。

「しかし君のような――」

「若造じゃ危なっかしい? じゃあ若造には免許を取らせなければいい」

「そんなことを言ってるんじゃない」

「弟に運転させてください。できるかぎり安全な道を選びましょう。犯人に怪しまれ、佐緒理にもしものことがあったら……」

小宮山は二人を分け、訴えた。浜口は大いに不服そうだったが、結局、正志が運転することで落着した。

しかし、もう一つの訴えは即座に却下された。警察はどうあっても小宮山の車を尾行し、三鷹料金所を張り込むと言う。絶対に心配ないと太鼓判を押す。正志も、尾行や張り込みは気づかれないだろうと言って、警察の側に回った。

小宮山は言い争いを避け、電話に向かった。

＃8501、3392539×＃、1102＃、と押していって、

「伝言されるかお聞きになるかをご指定ください――」

というアナウンスのところで3＃を選択した。

「新しい伝言をお預かりします。ピッという音のあとに三十秒以内でお話しください。お話が終わりましたら、数字の9とシャープを押してください」

電子音が鳴る。小宮山は、喉にからんだ痰《たん》を切り、たたみかけるようにしゃべった。

「小宮山だ。佐緒理は無事だろうな？　三千万円の用意はできた。今から家を出る。それから、私は今、車を動かせない。右手を怪我していてハンドルを握れないんだ。だから私の代わりに弟が運転する。私は助手席に座る。どうか誤解しないでくれ。運転しているのは弟だ。決して警察の人間なんかじゃない。言われたとおり、警察には通報していない」

9＃。

「伝言を繰り返します。訂正される時は数字の8とシャープを押してください」

入れたばかりのうわずったメッセージが再生される。

「伝言をお預かりしました。ありがとうございました」

4

シルバーメタリックのボルボ960は、環状八号線、井《い》の頭《かしら》通りと進んでいって、途中、渋滞に巻きこまれることもなく、永福ランプから首都高速四号線に乗り、そのまま中央道下り線に入った。高速上の流れもスムーズである。

ゆるやかなカーブの先に三鷹料金所が見えはじめると、車は速度を落としながら左の路肩に寄っていった。ゲートの手前五十メートルほどのところで動きを止める。

「安全運転は肩がこるよ」

正志が、冗談とも本気ともつかぬことを言いながら、ギアをニュートラルに入れ、サイドブレーキを引いた。しかしエンジンは切らない。

時刻は一時十五分。

小宮山は振り返った。後ろには一台の車も停まっていない。

「尾行の車は料金所の先で待っているんじゃないかな。この車のお尻《しり》に停めるなんて、いくらなんでも不用意だ。その代わり、あそこに見張りの人間がいる。一番左の料金所」

正志は前方を指さした。

「どこに?」

小宮山は首をかしげた。料金所の赤いボックスの中には制服の職員が一人立っているきりである。

「あれは警察官だよ。機能停止中の料金所に職員はいらないもの」

「なるほど」

左端の信号は赤で、ゲートの手前に遮断機が降りている。それなのに職員が突っ立っているとは、たしかに不自然である。

「犯人が現われたら取り押さえてやろうと、腕をしごいて待っているんだ。でも、彼は手柄を立てられない」

正志は言い切った。

「犯人はここに現われないと言うのか？」

「たぶんね。やつは賢そうだもん」

「賢いと、どうしてここにやってこない？」

「逃げ場がないもの。行く手を阻まれたら、つまりこの料金所を封鎖されたら一巻の終わりじゃない。一般道と違って、反対車線には逃げこめない。仮にここは突破できたとしても、次の料金所にも手が回っている。インターチェンジも警官だらけだ」

「じゃあ、受け渡しはどこで？」

「同じく逃げ場がないという理由で、パーキングエリアやサービスエリアでの受け渡しもないだろうね。どこになるのかはわからないけど、高速上でないことだけはたしかだと思う」

そう言って正志はロードマップを手に取った。

「ということは、一時半にもう一度指示があるのか」

小宮山は自動車電話の上に手を置いた。正志は地図をめくる手を止めて、

「今までの用心深いやり口を考えると、この電話に直接かけてくるとは思えない。やつのことだ、自動車電話だって逆探知可能なことを知っているはず」

と顔を曇らせた。

実際、警察は、この自動車電話の電波を傍受し、逆探知するつもりでいた。

「直接かけてこないとなると、また有村君に何か伝言するのだろうか」

「そうしてくれるといいんだけどね」

有村真樹から電話が入ったあと、警察は小宮山の会社に急行している。

「まあいい。とにかく待とう」

小宮山は大きく息を吐いた。今さら考えをめぐらしたところで、事態は好転しやしないのだ。

「バス停かもしれないな」

正志がつぶやいた。ロードマップを小宮山に向ける。

「この先、高速バスの停留所がいくつかある。三鷹、深大寺《じんだいじ》、府中《ふちゅう》、日野《ひの》、八王子《はちおうじ》。犯人はそのどこかで受け渡しを行なうつもりじゃないのだろうか」

「受け渡しは高速を降りてから――おまえはさっきそう言わなかったか？」

「いや、正確に言うと、バス停の下で受け渡しが行なわれるんだ。つまり、犯人はこのように指示してくる。車をバス停に捨て、手さげ袋を持って階段を降りろ」

「階段？」

「下を走る一般道と高速を結ぶ階段さ。これがないことには誰もバス停を利用できない」

「ええと、するとだ、僕は高速の上に車を乗り捨て、歩いて一般道へ降りていく。そこに犯人が現われて手さげ袋を奪っていく？」

「そう。奪ったらすぐに車で立ち去る。兄さんを尾行している警察の車は高速の上で、犯人の車は高速の下だから、警察は即座に追跡に移れない」

言って、正志は地図を叩《たた》いた。小宮山はこめかみに指を当てた。

「現時点で、警察はそのケースを想定しているだろうか」

「さあ」

「さしでがましいかもしれないけど、いちおう助言しておいたほうがよさそうだな」

小宮山は受話器を取った。

正志が小宮山の腕を摑《つか》んだ。

「だめだよ」

「出がけに注意されたじゃない。自動車電話の電波は簡単に傍受されるので、警察との連絡用には使うなって」

「そうだったな」

小宮山は受話器を戻した。

それと同時に呼び出し音が鳴った。小宮山は反射的に受話器をあげた。

「はい……。小宮山です」

「もしもし？　有村ですが」

「やつからかかってきたのか？」

小宮山は意気ごんだ。

「はい」

「また会社にか」

「いえ、目黒駅前店にです。たった今、そこの店長から電話がありました」

この時の説明はこれきりだったが、あとになって小宮山が知ったところによると、カフェ・ラシーヌ目黒駅前店にT銀行渋谷支店のサトウから電話がかかってきたのが一時二十分。「小宮山社長に大至急伝えてくれ。御社の存亡にかかわることだ」と前置きされたため、同店の店長は泡を食って渋谷の本社に電話連絡したのだという。

「今すぐに次の番号へ電話してください。０９９０の——」

「待て。０９９０の？」

「３２２の」

小宮山は復唱する。横で正志がメモを取る。

「３２２の？」

「56×」

「56×」

「もう一度言います。0990の322の56×。そして回線が通じましたら、ルーム・ナンバー2を選んで『T銀行のサトウさん?』と呼びかけてください」

「『ルーム・ナンバー2』? 何だね、それは?」

「さあ。私にも——」

「ちくしょう! その手があったか」

正志が声をあげ、有村の返答をかき消した。小宮山は正志を背中でさえぎって、

「やつの指示はそれだけなんだな?」

と確認する。

「はい」

「わかった。と、有村君、犯人から新しい指示があったことを、君から警察に伝えておいてくれ」

「すでに伝えてあります。ここにいらしている方に」

「そうか。ありがとう」

小宮山は電話を切った。

「だめじゃないか」

正志が血相を変えて言う。

「まずいよ、『警察』って言葉を使っちゃ。犯人はこの電話を盗聴しているかもしれないんだぜ」

「しまった……」

小宮山は唇を噛《か》んでうつむいた。

「もっと冷静になって。冷静な頭でいないことには犯人の思う壺《つぼ》だ」

「うるさいっ！　おまえは……、おまえは、そんなことを言えるかもしれないが……」

小宮山は怒鳴り、声を震わせた。

「ごめん。悪かった」

正志が首を垂れた。

「そんなことより、電話だ。０９９０の３２２の５６×か。これまた変な番号だな。これも伝言ダイヤルにつながるのか？」

　メモを見ながら、小宮山は慎重にボタンを押していく。

「ダイヤルQ^{2}だよ」

　正志が言った。

「ダイヤルQ^2？　あの、なにかと問題になっている？」

「ルーム・ナンバーを指定してきたところからみて、犯人は、パーティーラインを通じて直接話そうと考えてるね。またも逆探知は不可能だ」

「どういうことだ？」

小宮山は尋ねたが、答が返ってくる前に回線がつながった。

「テレホンパーティーへようこそ！」

甲高い女の声が言った。やたらとボリュームが大きい。

「独りぼっちのあなた、おしゃべりが大好きなあなた、友だちがほしいあなた、愛に悩んでいるあなた。一言話したその時から夢が広がるドリーム・ライン。なお、このサービスには、通話料のほかに六秒十円の情報料がかかりますので、長電話にはくれぐれも注意してくださいねっ。それでは、ルーム・ワンに入りたい人は数字の1を、ルーム・ツーに入りたい人は2のボタンを押してください」

小宮山は、耳を寄せている正志に目をやった。正志の指が2のボタンを押した。

突然、会話が飛び出してきた。

「でさあ、マイケルが夜泣きするの」

「ミャーミャー」

「キャットフードはクリスピーにかぎるね。ツナ味、食べたことある？」

「ある、ある。クラッカーと一緒にやると、けっこういけるよね」

「ミャーミャー、あたしにもくださーい」

小宮山はぽかんと口を開けた。三、四人の若者がしゃべっているようだったが、その内容はまったく理解不能である。こういう意味不明の会話が若者の間ではやっているのか、それともこれは、秘密組織の暗号を使った会合なのか。

「聞いてないで、犯人を呼び出して」

正志にうながされ、小宮山は現実を思い出した。

「T銀行のサトウさん？　T銀行のサトウさんはいらっしゃいますか？」

今までの会話が、ぱたっとやんだ。

「なんだ？」

「誰？」

「ミャーミャー」

口々に言ってくる。その中に、

「サトウだ。取引は中止する」

という声が混ざった。ほかの声に較べて歳を感じる。

「砂糖の取引だって」

誰かが笑った。

「サトウさん、どういうことだ？」

小宮山は大声で言った。

「取引は中止だ。あんたは約束を破った。警察は呼ぶなと言っただろう」

男が答えた。ほかの声がざわついた。

「サトウさん、それは勘違いだ。警察には通報してない」

小宮山は身を乗り出してしゃべった。

「しらばっくれるな。刑事《デカ》を横に乗せておいて、なにが『弟が運転する』だ」

「誤解だ」

「やかましい！　俺は今さっき、あんたのボルボを覗《のぞ》いたんだよ。あの顔はどう見ても刑事ヅラだ」

「これは本当に私の弟なんだ」

小宮山は、痛む右手で正志の肩を叩いた。しかし男は取り合わなかった。

「取引は中止だ。商品は破棄する」

「待ってくれ！　サトウさん！　もしもし？　もしもし!?」

応《こた》えはなかった。

「おい、今の、何だったんだ？」

「混線かな？」

「いたずらよ」

「ミャーミャー」

若者たちがしゃべる。

小宮山は電話を切った。電話を切ったまま、微動だにしなかった。ひと筋、ふた筋、冷たい汗が背中を濡《ぬ》らす。

「おかしいよ」

正志がつぶやいた。

「『あの顔はどう見ても刑事ヅラだ』？　冗談じゃない。俺の顔、誰が見たって刑事とは思わないよ」

頬をぴしゃぴしゃ叩く。

「いや、それ以前に、犯人が俺の顔を見ているわけがない。だって、ほら、この車は左ハンドルでしょう。俺は左ハンドルの車の運転席に座っていて、その車は道路の左端に停まっている。となると、犯人がこの車の中を覗くとしたら、車の右横を通過しながらということになるけれど、それじゃあ俺の顔は見えないよ。助手席に座っている兄さんの体がじゃまをして。あいつの言ってることはでたらめだ」

「もういい」

正志の言い分はもっともだったが、小宮山はそれをさえぎって、

「僕は、自分で自分の首を絞めたんだ。犯人は電話を盗聴していた。それなのに、警察がかかわっていることを漏らしてしまって」

と自分の膝《ひざ》に拳《こぶし》を落とした。

「それは違う。あいつは盗聴していなかった。あの通話を盗んでいたのなら、俺の顔を見たなんていう嘘をつかず、『今の電話は何だ!?　警察に伝えておいてくれ、だと？』って言えばいい」

正志はいきりたっている。しかし小宮山は目を閉じて、小刻みに首を振り続けた。

その時、電話が鳴った。

小宮山ははっと目を開け、受話器を取った。

「もしもし？　小宮山さん？　浜口ですが。もしもし？」

せわしない声だった。

「ああ、浜口さん。大変なことになりました。警察を呼んだことを犯人に悟られてしまって、やつは取引を中止すると……。すべて私の責任です」

小宮山は電話機に向かって頭を下げた。

「そんなことはどうでもいい。先ほどの通話は聞きました」

「どうでもいいですって？　取引を中止すると宣告されたんですよ！」

小宮山の声のトーンがあがる。

「取引は中止されていません。すでに終了しています」

「はあ？」

「身代金を奪われました」

小宮山はきょとんとした。身代金の詰まった手さげ袋は自分の足下にある。

「迂闊《うかつ》でした。まさかあなたが当て馬だったとは」

「当て馬？」

「犯人は、栗原《くりはら》冴子さんを脅し、身代金を奪い取りました」

「姉から!?」

栗原というのは、小宮山の姉、冴子の嫁ぎ先の姓だ。

「いったいどういうことです？」

「いや、それが、私もよくわからんのです。今しがたここに栗原冴子さんから電話があったのですが、彼女、ひどく動転していらっしゃって。詳しくは直接尋ねることにして、彼女には、ここ、小宮山さんのおたくに来るよう言っておきましたので、小宮山さんもすぐにお戻りください。もはやそこで待つ必要はありません」

それで電話は切れた。

小宮山と正志は顔を見合わせた。

5

「あんたの妹には死んでもらう」

男の声が言った。低く、しゃがれた声だった。

栗原冴子はきょとんとした。自分に妹はいない。弟が二人いるだけだ。だから、

「どちらへおかけです？　うちは小宮山ですが」

と返した。すると男はいらついて、

「弟の女房のことだよ。小宮山佐緒理」

と言った。

「あっ」

「小宮山隆幸は約束を破った。警察を呼んだ。だからやつの女房を殺してやる」

「あ、あなたが、佐緒理さんを？」

冴子は、とぎれとぎれに言った。

「ああそうだ。俺が預かっている。だが、今から殺す」

「ちょ、ちょっと……」

「殺してほしくないか？　だったら、おたくにある金をかき集めて、今すぐ明大前の駅まで持ってこい。井の頭線の渋谷方面行きホーム、階段の下で待っている。一時までに来なかったら、小宮山佐緒理は殺す」

「そ、そんな、あなた……」

「返事はどうした？　言っとくがな、俺の手の中にあるのは小宮山佐緒理だけじゃないんだぜ。あんたの息子も預かってる」

冴子は絶句した。目の前に幾筋もの閃光《せんこう》が走った。

「いいか？　警察には絶対報《しら》せるな。あんたの弟にもだ。報せてみろ、小宮山佐緒理も、あんたの息子もブッ殺す。返事をしろ！　今すぐ金を持ってくるな!?」

男は凄《すご》み、怒鳴った。

「は、はい」

「明大前、井の頭線渋谷方面行きホーム、階段の下。一時までしか待たないぞ」

「わかりました」

冴子は知らず応じていた。まるで催眠術にかかってしまったかのように。

「ママ、どうしたの？」

その声に、冴子はわれを取り戻した。電話はすでに切れていた。

「なんでもないのよ。さ、ごはんを食べちゃいなさい」

冴子は受話器を置いて、瞬《しゅん》の体を抱き寄せた。

瞬はおひる前に幼稚園から戻ってきて、今、たしかに、ここにいる——。さらわれたのは長男の勇《ゆう》だ！

「何の電話？　佐緒理さんがどうのって言ってたけど」

母親の妙子が不安な表情で尋ねてくる。冴子はそれに答えず、

「お母さん、お金。お金を出して」

と言いながら、自分の財布を開けてみた。五万円しか入っていなかった。

「お金よ、お金。ぐずぐずしてないで、お金を出してちょうだい」

妙子の腕を取り、揺さぶり、冴子は言った。

「勇が誘拐されたのよっ！　今すぐお金を持っていかなきゃ、佐緒理さんと一緒に殺されちゃう！」

冴子はわめいた。子どもが駄々をこねるように、足を踏み鳴らした。

妙子が目を剝《む》き、なんとも言えぬ変な叫び声を出した。

しゃべればしゃべるほど気が狂いそうになる。しかし冴子は脅迫電話の内容を早口で説

明し、妙子に金庫を開けさせた。

三百五十万の現金が見つかった。さらに仏壇の引出しから百万ほど出てきた。冴子はそれらを事務封筒に詰めこむと、

「警察に報せちゃだめよ」

と妙子に釘《くぎ》を刺し、着の身着のままで家を飛び出した。

永福町駅までを三分で駆け抜け、そこから井の頭線に乗り、明大前に着いたのが十二時五十分。冴子は胸の前に封筒を抱きしめ、ホームの階段の下で人波にもまれた。

冴子の頭の中は勇の顔で埋めつくされていた。

出がけに見せてくれた屈託ない笑顔、父親から引き離された時の泣き顔、寝起きのとろんとしたまなざし、おもちゃ買ってくんなきゃヤダと言って膨らませるほっぺた。

犯人がどこからやってくるのか、どういう形で接触してくるのか。冴子には、そんな現実を考える余裕などなかった。

(あなた。勇を守って。私を助けて。あなた。私がばかだった。ごめんなさい。だから勇を守って)

心の中で繰り返す。夫のもとを飛び出した自分を呪わしく思う。夫と一緒に住んでいれば、子どもたちを連れて東京へ戻ってこなければ、勇が誘拐されることはなかったのだ。

栗原は申し分のない夫だ。あたたかく、時には厳しく、つまり本当のやさしさを持っていて、そして仕事もできた。もう一度生まれ変わるようなことがあっても彼と一緒になり

たいと冴子は思っている。だが、どうしても、あの土地での生活に耐えられなかった。

二人は、小宮山隆幸を通じて知り合い、栗原が大学を卒業してすぐに籍を入れた。とはいえ、栗原は在学中から会社を経営していて、充分頼れる存在だった。

新居は白金台《しろかねだい》のマンションだった。勇が生まれると郊外に一戸建を構え、そこで瞬を授かった。

ところが昨年の春、栗原の父親が倒れ、彼は家業を手伝うために郷里へ帰らなければならなくなった。もちろん妻子を連れてである。

冴子はその時、少なからず不安を覚えた。東京で生まれ育った自分が、まったく水の違う土地で暮らしていけるだろうか。

不安は的中した。子どもたちはすぐに順応したけれど、冴子は、夏になっても、秋が来ても慣れなかった。それどころか、土地の空気に触れるのを恐れるあまり買物にも出かけず、栗原にあたり散らし、ほとんどノイローゼのようなありさまになってしまった。

そしてとうとう今年のはじめ、冴子は栗原の郷里を離れた。もう少し待ってくれ、あと二年もすればかたがつくから、と栗原は言ったけれど、冴子は聞かなかった。

「間もなく各駅停車渋谷行きがまいります。白線の後ろに下がってお待ちください」

アナウンスが流れ、銀色の車輛《しゃりょう》がカーブを描きながら入線してきた。誰も白線から下がらず、冴子はかえって押し出される恰好《かっこう》になった。

電車はしだいに速度を緩める。乗降客の流れに巻きこまれまいと、冴子は足を踏んばった。

電車が止まり、ドアが開いた。冴子の前から波が押し寄せ、すぐまた後ろから波が返ってきた。

「ドアが閉まります」

波がおさまるとベルが鳴った。

その時。

冴子は鈍痛を感じた。誰かがぶつかってきたのだ。顔をあげると、閉じかけたドアをこじあけ、電車に飛び乗ろうとする男がいた。

「あ！」

冴子は叫んだ。

抱いていた封筒が消えている！

「駆けこみ乗車はおやめください！」

スピーカーがかなりたてる。怒ったようにドアが閉まる。電車が動き出す。

遠ざかるレールの軋《きし》みを聞きながら、冴子はその場に崩れ落ちた。

6

「それからあなたは永福の家に戻った」

浜口警部補が言った。

「はい」

冴子が答える。

「戻ってみると、誘拐されたはずのお子さんがいた」

「はい」

「それを見てあなたは、身代金と引き換えに、犯人が返してきたのだと思った」

「はい」

「ところがそうではなかった。お子さんは、誘拐などされていない、ずっと小学校にいた、いま下校してきたところだ、と言う」

「はい……」

冴子は、喉《のど》に蓋《ふた》をされたような声で答えると、両方の膝頭《ひざがしら》に爪を立てた。

「なんてやつだ！」

正志が吐き捨てた。最前からそんな台詞《せりふ》ばかり口にしている。

小宮山隆幸と正志がマンションに帰り着くと、表情を失った冴子が待っていた。そして彼女は語りはじめたのだ。誰もが予想しえなかった出来事を。

「脅迫電話がかかってきたのは何時でした？」

浜口は難しい顔で質問を続けた。

「十二時半ごろだったと思います」

冴子はうつむいたまま答える。

「それから現金を集め、永福の家を出て、明大前の井の頭線ホームに着いたのが十二時五十分」

「はい」

「現金の入った封筒を奪われた時刻は？」

「それは……」

「犯人が駆けこんだ電車は、あなたが利用した電車の次にやってきたものですか？」

「たぶんそうだったと思います」

「すると一時前だな。正確な時刻は駅に問い合わせればわかる」

と浜口は、部下の一人にその指示を出したのち、

「犯人はどんな男でした？　顔は？」

ふたたび冴子に向き直る。

「後ろ姿を見ただけでして」

冴子はかぶりを振る。

「髪形は？」

「わかりません」

「歳は？」

「わかりません」

「体つきは？」

「…………」

「栗原さん、わからないはないでしょう。あなたはその目で、封筒を奪っていった人物を見たんでしょうが」

浜口は叱りつけるように言った。この質問の成否が事件解決に大きくかかわってくるのだ。しかし冴子は両手で顔を覆って、

「だめなんです。思い出そうにも、全然憶《おぼ》えてないんです」

「落ちついて考えれば必ず思い出せます」

「姉を責めないでください」

見かねて、小宮山は口を挟んだ。

「突然あんな状況に置かれて、じっくり観察する余裕などなかったのです。私には姉の気持ちがよくわかります」

そして溜《た》め息をついた。

浜口はやや不服そうな顔をしたものの、質問の方向を変えた。

「これを聞いてください」

とテープデッキの再生ボタンを押す。

――三千万円は紙の手さげ袋に入れて、袋の口をガムテープで隙間なく目貼りしろ。作業は十五分もあれば充分だろう。十二時二十分になったら、今と同じ方法でこの番号にかけろ。次の指示を入れておく――

伝言ダイヤルに入っていた最初のメッセージである。

「あなたを脅迫した男の声と同じですか？」

「そうです。この男です」

冴子は敏感に反応した。

「知っている人物の声ですか？」

この問いにはかぶりを振った。

「小宮山さんはどうです？　あらためて聞いてみて、何かピンとくるものはありませんでした？」

「いえ。まったく聞き憶えありません」

「そうですか」

浜口は眉間《みけん》にいくつもの皺《しわ》を寄せ、苦りきった様子で煙草をふかしはじめた。

「姉さん、許してくれ」

小宮山は冴子に向かって頭をさげた。

「僕が余計なことを、弟に運転させると言ったばかりに、姉さんにとばっちりをかけてしまって」

小宮山が件《くだん》の伝言を吹きこんだのが十二時二十分過ぎ。冴子のもとに脅迫電話がかかってきたのが十二時三十分。したがって犯人は、この約十分の間に小宮山の伝言を聞き、警察の人間が運転するのだと誤解して、急遽《きゅうきょ》、取引相手を変更した、と考えられる。

小宮山は自分の右手が怨《うら》めしかった。自分で運転できれば、こうやって姉を苦しめることはなかったのだ。

だが、正志が異議を唱えた。

「犯人は計画を変えていない。最初から兄さんは当て馬で、姉さんから身代金を奪おうと考えていた」

「君はなぜそう思う?」

浜口は正志の説に惹《ひ》かれたらしく、煙草を置いて腕組みをした。正志はゆっくりと指を振りながら、

「犯人はなぜ会社経由で連絡してきたのか? なぜ伝言ダイヤルを使って指示を送ってきたのか? 理由はただ一つ。警察にしっぽを摑《つか》ませないためだ」

「たしかに、異常なまでに逆探知を警戒している。ということはつまり、犯人は最初から、われわれがかかわってくることを見越したうえで計画を立てていたことになる」

浜口がうなずく。

「そう。警察を呼んだら人質を殺すと凄《すご》めばそれにしたがうだろう、なんて軽く考えていたのなら、あんなまわりくどい連絡方法はとらずに、直接電話してきたと思う。だからおかしいんだ。そんな周到な、警察の介入を十二分に予測していた人間が、『弟に運転させる』の一言に狼狽《ろうばい》を感じる? これはまずいと思って脅迫先を変える? 不自然だよ」

「君の言うとおりだ。仮に狼狽し、計画変更の必要性を感じたとしても、わずか十分間でそれをしてしまうなんて、あまりに手際《てぎわ》よすぎる」

「ということで、そのう、ゆうべのあれは撤回します」

　正志が気まずそうに言った。

「義姉さんは運悪く誘拐されただけだ、なんて言っちゃったけど、あれはどうも見当違いだったみたい。犯人は兄さんのことを相当調べあげていた。会社の組織、自動車電話の番号、実家の内情。それらのデータに基づいて、この二重脅迫を行なったんだ」

　と頭を掻《か》き、浜口がふっと微笑み、二人がはじめて融和した。

　しかしそれは束の間のことでしかなかった。お茶を淹《い》れるために中座していた冴子が戻ってくると、浜口は棘《とげ》のある口調で、

「それにしても栗原さん、あなたの行動は軽率だったとしか言いようがない。どうして警察に黙って動いたのです。一言おっしゃってくだされば、明大前のホームで犯人を捕まえることができたのに」

　と言ったのだ。

「息子までさらわれたと聞いて、すっかり動転してしまって……」

　湯呑《ゆのみ》を配る手を止め、冴子は頭《こうべ》を垂れた。

「せめて小学校に電話してほしかった。お子さんが学校にいるとわかれば、あんな出まかせにひっかかることはなかった」

「申し訳ありません」

「姉さん、謝るなよ」

正志が割って入った。

「子どもを殺すと脅されて、タイムリミットはすぐそこに迫っている。あれこれ考える暇《いとま》がどこにある？　そして犯人の要求も、今すぐ一億持ってこい、なんて法外なものでなく、手近にある金でいい、だ。ここは躊躇《ちゅうちょ》なく犯人の要求にしたがうしかないじゃんかよ。姉さんを責めるなんてお門違いだ。その前に、犯人に裏をかかれた自分たちの不明を反省すべきだ」

正志は一気にまくしたて、ぐいと顎《あご》を突き出した。浜口も、こいつまたか、と睨み返した。

「ともかく、佐緒理は助かったんです」

小宮山は二人をとりなすように言った。

「犯人は目的を達したんです。身代金を奪うことに成功したんです。もうじき佐緒理は帰ってくるでしょう。家内の話を聞くことによって、犯人を捕まえる手だてが見つかりますよ」

そして小宮山は立ちあがると、ゆうべから引きっぱなしだったカーテンを、さっと開け放った。

夕方の陽射しが部屋を赤く染めた。

便乗

1

「取引は中止だ。商品は破棄する」

俺は最高にドスの利いた声で言うと、それに対する反応を待たずに、投げるように受話器を置いた。

緑色の機械がピーピー泣いて、テレホンカードを吐き出してくる。いつもは不快なアラーム音も、この時ばかりは実に心地よく俺の耳をくすぐった。

カードをつまみ取って、軽い口づけを。今日一日がんばってくれた感謝とでも思ってくれ。試合終了《ゲームセット》。

俺は大きく息をつくと、電話ボックスに「あばよ」と手をあげて、外の空気を体全体に詰めこんだ。

ウエストバッグの膨らみが作戦の成功を実感させる。その重さを感じると、知らず笑いがこみあげてくる。

"Yeah, now hear my story, let me tell you about it !"どろんとした目の通行人を手当たりしだい捕まえては、そんな調子で一席ぶってやりたい。俺の賢さを、自慢して、自慢して、自慢してやりたい。

いったい誰が俺の言葉を信じてくれるだろう。

だが俺はまぎれもなく、四百五十五万円也をせしめたのだ。

ありがとう、小宮山隆幸。

ありがとう、小宮山佐緒理。

2

はじまりは六月二十三日、梅雨晴れの日曜日だった。

俺は事務所のおんぼろソファーに寝転がっていた。時代遅れのガラステーブルの上には、やはりごみ捨て場から拾ってきたラジオが載っかっていて、足下には破り捨てた馬券が散らばっていた。

その日にかぎらず、週末の俺は、たいていそうやって過ごしている。

前夜どれだけ酒を飲んでも起床は八時半。後楽園の黄色いビルで馬券を買って、事務所で短波の競馬中継を聞いて、そうして紙屑《かみくず》の山を築く。やけっぱちの全レース万馬券狙いだ。グリグリの二重丸を当てたところで、五百万まで膨れあがった借金はどうにもなりゃしない。

それはさておき、六月二十三日のことだ。

いつものように十レース連続ではずしてしまった俺は、窓の桟に手を突いて、ビルの間に没する夕陽を眺めていた。

悲しい夕焼けだ。今日もまた夕焼け色の鮭弁当だ。最終レースでタテ目を押さえておけば骨つきカルビにありつけたのに。

俺は溜《た》め息をつき、せめて焼肉屋の前を通って弁当を買いにいこうと窓を閉めた。

女を見たのはその時だ。

スーツケースを手にした女が、洋菓子店の角を曲がって、こちらの路地に入ってくる。つばの広い帽子をかぶっているので、二階のこの位置からだと顔はよくわからないけれど、細身で、足首もキュッと締まっていそうな、どうやら俺好みのいい女のようだ。

女は、きょろきょろと落ちつきのない様子で歩を進めると、俺の真下で立ち止まり、手をかざしてこちらを見あげてきた。

俺は思わず指を鳴らし、ガラス越しに念力を送った。

(さあ、階段をあがってこい。俺のところに仕事を持ってこい)

するとどうだ、女はビルの中に入ってくるじゃないか。そして、このビルに入っている事務所のうち、安息日《ア・デイ・オブ・レスト》を守っていないのは俺のとこだけ!

俺は大急ぎで片づけをはじめた。一日かけても片づけようのない部屋だが、ソファーの破れ目を座布団で隠し、ハリネズミのような灰皿を取り替え、馬券をかき集めるだけの時間はある。

三つの作業を迅速にこなし、ついでに芳香剤をたっぷり撒き終えたところ、ためらいがちなノックがあった。

「どうぞ。お入りください」

シャツの第一ボタンをかけながら、俺は快活に応《こた》えた。

「あのう、便利屋さんはこちらでよろしいのでしょうか？」

そう言って顔を覗《のぞ》かせたのは、やはりあの女だった。

白いブラウスに包まれた華奢《きゃしゃ》な体、ガルボ・ハットの下でゆるやかに波打つ黒髪、細いがきりっとした眉《まゆ》、カールした長い睫《まつげ》、奥二重でぱっちりした目、右の目尻《めじり》にある二つの黒子《ほくろ》、つんと上を向いたかわいらしい鼻、バラの花びらのようにめくれた唇、ヘリオトロープの妖《あや》しい香り。どれもが俺の延髄をビリビリ刺激して、アドレナリンの分泌を活発にさせる。

歳のころは、二十六、七。もぎたての酸っぱさもやわらぎ、かといってしつこいほど熟しているわけでもなく、俺はこの時期の果実を一番好む。

そしてなんといってもタイトスカートの裾《すそ》から伸び出た脚だ。

細いだけじゃない。締まりがある。弾力のありそうなふくらはぎは裾の部分で一気に絞りこまれ、アキレス腱《けん》の尖《とが》りがストッキング越しにもはっきり見てとれる。アキレス腱と踝《くるぶし》の間のくぼみかげんも絶妙で、そこにゆで卵がすっぽり収まってしまいそうだ。脚フェティシズムの気《け》がある俺にとっては、かなりたまらない。

「さあ、そんなところに立っていらっしゃらないで、こちらにおかけください」

俺は心からの笑顔で女を招いた。女は、とっ散らかった部屋に驚いたのか、あるいは値踏みするような視線に警戒を抱いたのか、ドアのところにたたずんだまま動こうとしなかった。俺は他意のない爽《さわ》やかさを装い、女に近づいていく。

「今日はどんなご用でしょう?」

「便利屋さんって、どんなことでもしていただけるんですよね?」

女はぽつりと言った。

「ええ、なんでもやりますよ。草むしりだって、迷子の猫ちゃん捜しだって、巨人戦《ジャイアンツ》のチケット取りだって。お金さえご用意いただければ、お宅のピアノの前にブーニンを座らせてみせますよ。もっとも、人殺しだけはご勘弁願いますけどね」

「人殺しでなかったら、どんな頼みにも応じていただけるのですね?」

その言葉に、真剣な表情に、俺はややたじろいだが、

「ははは、なんだかおおげさですね。ま、立ち話もなんですから」

とりあえず笑いを保って、女をソファーに座らせた。

「あなたが何をお望みなのか、それを聞いてみないことにはなんとも言えませんが、たいていのことには応じられるでしょう。ちょっとした法律違反はしょっちゅうやってますからね。ま、とにかく話してみてください」

「はい」

と女はうなずいたが、バラの唇にはためらいがある。

「表の看板にも書いてあったでしょう。請け負う請け負わないにかかわらず秘密は厳守します」

俺は胸を叩《たた》いた。

すると女は、俺を見据えて言った。前代未聞の依頼を口にした。

「私を誘拐してください」

そうつぶやいたかと思うと、女は俺の手を握りしめた。

俺は仰天し、のけぞるように椅子を引いた。

四つの目が睨《にら》み合った。

女の瞳《ひとみ》はとろけるような濡《ぬ》れ羽色をしていた。熱く潤んだ輝きの中に、ぽかんと口を開けた俺がいる。

沈黙の中、瞬きもせず睨み合った。

女は、やがて、はっと顔を伏せ、青白い手をひっこめると、プラチナのリングを嘗《な》めるように、左の薬指を唇に当てた。

「私を誘拐して、主人に脅迫電話をかけてほしいんです」

もう一度つぶやき、女はゆっくり顔をあげた。

ガルボ・ハットのつばが、ふわりと揺れた。

「これでお願いします」

女はハンドバッグから封筒を取り出した。

「おっしゃってることがよくわからないのですが」

そう言いながらも、俺は抜け目なく封筒の中を覗いてみた。ひい、ふう、みい——、十人の福沢さんを素速く確認すると、封筒はそのまま手元にキープした。

「言葉どおりです」

女は言った。

「僕があなたを誘拐するわけですか？」

「はい。そうしていただきたいと」

「そしてあなたのご主人を脅迫する？」

「はい」

「で、なにがしかの身代金を奪い取る？」

「あ。そこまでしていただかなくて結構です。もっともらしい脅迫電話を二、三度かけてくだされば、それで」

「つまり、この僕に、誘拐犯のふりをしろと？」

俺は自分を指さした。女がうなずく。

「まいったな、こりゃ。これは何かのゲームですか？」

「違います」

女は眉をつりあげた。

「すると、ご主人に対するいたずらですか？　あまり感心できるいたずらじゃありませんね」

「違いますっ。いたずらなんかじゃありません」

女はさらに顔をゆがめると、

「引き受けていただけますね？」

と俺の手元から封筒を奪い、それを黄門様の印籠《いんろう》のように突きつけてきた。感情の起伏が激しい質《たち》らしい。

「さて。僕がいくら法律違反に慣れているといっても、あなたのご依頼は、ちょっと、いや、かなり過激だなあ」

俺はもとより引き受けるつもりでいたのだが——ひと仕事で十万なんて、年に一度あるかないかなのだ——、もったいをつけて腕組みをした。

「いたずらではありません。人様にも迷惑はかかりません。だからお願い、私を誘拐してください」

ふたたび女の手が触れた。俺はそれを強く握りしめて、

「理由をちゃんとお話しください。あなたの依頼は、あまりに突拍子もない」

「主人の本当の心が知りたいだけなんです。今はそれだけしか言えません。恥ずかしくて、とても……」

「困りましたね」

「引き受けると約束していただけたら、何もかもお話しします」

女も強情だ。

「わかりました。力になりましょう」

俺は、いじわるを打ち切った。せっかくの上客を逃してはうまくない。

「お願いします」

女はほっと息をつくと、あらためて封筒を差し出してきて、その上に名刺を置いた。

「遅れましたが、私、小宮山佐緒理と申します」

それは亭主の名刺だった。

CAFE《カフェ》 RACINE《ラシーヌ》　グループ
株式会社東亜商事
代表取締役社長　小宮山隆幸

とあって、その横に、会社と自宅の住所、電話番号が併記されていた。

「カフェ・ラシーヌというと、あの百円コーヒーの？」

「はい」

「ほう。で、あなたは社長夫人」

俺は独り言のようにつぶやいた。安っぽい女じゃないと思ってはいたが、しかし有名企業の社長夫人だったとは。

「さて、理由をお聞かせ願いましょうか。社長令夫人が『私を誘拐して』とは、いったいどういうことなんです？」

俺はショートホープに火を点《つ》けた。小宮山佐緒理は自らの決断を促すように、二度、三度うなずいて、

「私は主人を愛しています。主人以外の男《ひと》は考えられません。ところが主人にとって私は一番じゃない」

おやおや。

「浮気ですか」

俺は哀れんで言った。

「浮気……。そうですね。まったくそのとおりです。悔しいけれど、私にはとうてい太刀打ちできない、ものすごい女にうつつをぬかしているんです」

小宮山佐緒理は、腹の底からしぼり出すような声でつぶやいた。俺は唸《うな》った。

「あなたをほったらかしにさせるとは、いったいどんな美人だ」

正直にそう思った。

「おかあさんなんです」

彼女はぎゅっと目を閉じて、やはり憎々しげにつぶやいた。

「おかあさん？」

「姑《しゅうとめ》です。主人ったら、私に隠れて、お義母《かあ》さんとべたべたやってるんです」

「マザコン、ですか」

俺は顔をしかめた。

「結婚した当時から、と言っても結婚してまだ二年しか経っていませんが、なんとなくおかしいなとは思っていました。三日と置かず実家に電話を入れていたし、買物にいくと必ず、『これ、母さんに似合うかな』と言って、洋服やアクセサリーを買っていくんです」

小宮山佐緒理はそして、濡れ羽色の瞳に炎を点《とも》し、呪詛《じゅそ》の数々をほとばしらせていったのだが、話は前後するわ、繰り返すわといった調子で、どうにも要領を得なかった。

しかし、彼女の感情的な表現を差し引いてもなお、哀れむべきは彼女だった。食卓を囲むたびに、「母さんの味つけはこうじゃない」とこぼされたり、はたまた接待ゴルフと偽って親子旅行をされたのでは、たまったもんじゃない。

「今日もそうなんです。留美《るみ》のところからの帰り、姑と腕を組んで歩いている主人を見てしまったのです。休日出勤と言って出ていったくせに――」

激《げき》しすぎたのだろう。小宮山佐緒理は咳《せ》きこんだ。

「留美？　誰です？」

「大学時代の親友です。今アメリカを旅行していて、その間、私が熱帯魚の世話をすることになってしまって。

そんなことはともかく、私、もうがまんできません。普通の浮気ならまだしも、相手が姑だなんて……。

だから私は、こうしておうかがいしたのです。主人は、私が誘拐されたら、どれだけ心配してくれるのかしら。私を助けるためになら、すべてをなげうってくれるかしら。私が家に戻ってきた時、どれほどの喜びをみせてくれるかしら。つまり、本当に私のことを愛してくれているのか、それを確かめたいんです。確かめてみないことには、不安で不安でたまらないんです」

そう言い終え、これでもか、これでもかとハンカチを握りしめた。

「なるほど」

俺はいちおう納得してみせたが、内心あきれかえっていた。

愛の重さをはかる道具として誘拐を使うだと！　頭のネジが二、三本はずれているとしか思えない。嫉妬《しっと》に狂った女の、なんと恐ろしいことか。

愛を確かめたい――それは自分自身に対して大義名分を立てているにすぎず、実は旦那《だんな》をこらしめてやりたいだけなのだろう。一種の報復だ。

待てよ。あるいは――。

「ご主人のマザコンに嫌悪を感じているのなら、いっそ離婚されてはどうです？　今回こと、とを起こして愛を確かめられたとしても、ご主人のマザコンは治りませんよ。マザー・コンプレックスというのは体に染みついたものですからね。いつかまたあなたは苦しむはめになる。そのたびに狂言誘拐ですか？　だったら今すぐ離婚した方がいい」

俺は冷たく言ってやった。

「それは……」

女は言いよどんだ。

やはりそうか。小宮山夫妻の関係は危機的状況にあると見た。それも、旦那の方が女房にあいそをつかしかけている。察するに、彼女の感情的なところが気に入らないのだろう。美人はわがままで手がつけられないというけれど、彼女はまさにそのタイプであり、だから旦那は母親とべったりなのだ。

さて、困ったのは女房だ。このままでは家から叩《たた》き出されてしまうかもしれない。社長夫人の座を滑り落ち、ステイタスも金も失ってしまう。そこで思いついたのが、この狂言誘拐である。

女房が誘拐されたとなれば、旦那は、好かぬところがあるとはいえ、ああそうですかと放っておくわけがない。きっと心配してくれる。小宮山佐緒理という人間について考え直してくれる。

彼女はつまり、事件を機に、離れかけていた旦那の心を引き戻そうと企《たくら》んでいるのだ。まったく、なんて女だ。一見おしとやかだが、その実、全身これ欲の塊なのかもしれない。

「では、三、四日で計画を立てて、来週の終わりに決行ということにしましょうか」

軽蔑《けいべつ》をおさえ、俺は慇懃《いんぎん》に言った。

「いやです。今すぐ誘拐してください」

小宮山佐緒理が立ちあがった。俺は啞然《あぜん》とした。

「二、三日、どこかのホテルに隠れていますから、その間に主人を脅迫してください」

「待ってください」

俺はあわてて引き止め、

「狂言誘拐とはいえ、それを成功させるためには綿密な準備が必要です」

と言った。すると彼女は、

「準備はしてあります」

とスーツケースを叩いた。

まいったぜ。これだから世間知らずの金持ちは困る。

「着替えなんてどうでもいい。だいたい、着替えと一緒に姿を消してどうします。誘拐は狂言だと明かしているようなものだ」

「家を出てくる時、主人はいませんでした」

「戻る時に見られるでしょう。スーツケース片手に、『いま犯人に解放されたの。ああ怖かった』とでも言うのですか?」

「…………」

「それに、あなたが誘拐されたとなったら、ご主人は警察を呼びます。僕が、『警察に報《しら》せたら殺す』と凄《すご》むことによって、その時は一一〇番しないかもしれませんが、あなたが無事に戻ってきたその時には必ず警察を呼びます。

なのに、何の計画もなしにことを起こしたのでは、誘拐が狂言だったことがたちどころすみますが、あなたはそれだけじゃない。ご主人の愛を確かめられるどころか、逆に三行半《みくだりはん》を突きつけられてしまいますよ」

「私、うまく嘘をつきます」

小宮山佐緒理は祈るように指を組み合わせた。

「警察相手に口先だけの嘘が通用するものですか。嘘をつくならつくで、リアリティーのあるシナリオを事前に作っておく必要があります。ああそれから、ホテルを隠れ場所に使うなど言語道断。もっと人目のないところを探さないと」

俺は、やれやれと応じた。

「でも私、一週間も待てません。一刻も早く主人の心の中を知りたいのです。そうでないことには、不安で不安で……」

まだそんなことを言うか！

「わかりました。なるべく早く決行できるよう努力しましょう。しかし今日のところはお帰りください。計画が立ちしだい連絡しますので、ここしばらくは家を空けないよう願います」

俺はスーツケースを持ってソファーを離れた。彼女はしぶしぶといった感じでうなずいた。

「ああそれから」

立ち止まり、言う。

「この仕事、十万では受けられませんね。狂言を狂言と思わせないためには相当知恵を絞らなければなりませんし、経費もかなり必要です」

「あといかほど?」

「そうですね……」

俺は掌上で暗算するふりをして、

「百万ってとこですか」

と答えた。

「百万円……。わかりました」

なんと、彼女はあっさり諒承《りょうしょう》した! 言ってみるものだ。仕事を請け負うなら、金銭感覚の麻痺《まひ》した人種からにかぎるぜ。ちくしょう、こんなことだったら二百万とでも言っておくんだった。

と、その時、俺は天の啓示を受けた。小宮山佐緒理が女神に見えた。

「では、後日また」

ネギをしょってきたカモ、いやいや、女神様を見送り、ドアを閉めると、俺はニタニタ笑いだした。

3

フェラーリ642のように加速する借金がとうてい返済不能だと悟った時、俺は本命党から一発屋に鞍替《くらが》えしたのだが、その際もう一つ考えたことがある。

誘拐だ。

バブルだかなんだか知らないけれど、そんなことでしこたま儲《もう》けた人間にかけあって、借金の肩代わりをしてもらおうかと考えた。やつらに金を持たせておいたって、ろくでもない美術品を買いあさるか、性懲《しょうこ》りもなく株をやって失敗するのが関の山だ。それだったら、この哀れな男の再出発に愛の手を、というわけだ。

だが、俺はいまだに実行していない。

理由の一つは実にばかばかしい。誘拐に必要欠くべからざる「拉致《らち》」と「監禁」、この二つができそうになかったのだ。女子どもを「拉致」して「監禁」しなければならないのかと思うと二の足が踏まれてならない。恥ずかしいことに、三十五になってなお、「弱い者いじめはするな」という親の教えに縛りつけられているのだ。

俺を躊躇《ちゅうちょ》させるもう一つの理由は、先人が残した教訓、「身代金目的の誘拐に成功の目なし」だ。

聞くところによると、身代金目的の誘拐は戦後だけで約二百件を数え、とりわけ昭和五十年以降は年に十件近く発生しているという。ところがそのほとんどが身代金を手にする以前に捕まっており、身代金の奪取に成功した数少ない者にしても、その後逮捕されている。全員だ。

なぜ成功しないのか？　その理由は単純にして明快である。

一般の犯罪では、その犯罪行為が完了したのちに警察が動きだす。たとえば殺人の場合は、死体を発見した第三者が警察に通報し、それから捜査がはじまる。したがって、極言してしまえば、第三者に死体を発見されないかぎり警察は出てこないのである。横領の場合もまたしかりで、会社の金を一億使いこもうが百億使いこもうが、誰もそれに気づかなければ犯罪とはならない。

ところが身代金目的の誘拐では、その性質上、犯罪の進行中に警察が出てきてしまう。犯人自身が、自らの犯罪を、電話や文書を通じて第三者に明かし、その結果、必然的に警察登場とあいなるわけだ。

言い換えるなら、ご丁寧にも予告状を警察に送りつけているようなものであり、そんな犯罪が成功する道理はない。警察にアドバンテージを与えておいて、なおかつ犯罪を成功させられるのは、アルセーヌ・ルパンか怪人二十面相くらいのものだ。

だが、俺は、今ここに宣言する。

小宮山佐緒理を誘拐し、身代金を奪ってやる。

彼女は言った。

「私を誘拐してください」

いいだろう。おまえの望みどおり、俺は誘拐犯を装って旦那を脅迫してやろう。

ただし！

俺は狂言誘拐の報酬だけじゃ満足しないぜ。おまえには内緒で、旦那から身代金を頂戴《ちようだい》してやる。

なんて紳士的な誘拐なのだろう。人質を取らずして身代金の要求ができるのだ。そして「拉致」と「監禁」抜きの誘拐なんて、今を逃したら百年待ったってできっこない。

すべてが終わったのち、俺はやさしいまなざしでおまえを送りだしてやろう。なんなら、自宅の近くまでエスコートして、別れ際に一言贈ってやってもいい。

「さあ、ご主人の愛を存分に確かめていらっしゃい」

ところがその直後、おまえはパニックに陥る。支払われるはずのない身代金が支払われたと聞いて、わが耳を疑うことだろう。そしてパニックがおさまり、身代金を奪ったのが俺だと気づく。

だがおまえは、決してその事実を明かすことができない。俺の存在を明かすことはすなわち、この誘拐が自分の狂言であると白状することになるからだ。

それでも俺を警察に売るか？

おまえにその勇気はないね。警察に連れていかれ、マスコミに騒がれ、怒り心頭に発した旦那から三行半《みくだりはん》、社長夫人の椅子からさようならだ。

どうだ？　それでも俺を警察に売るか⁉

小宮山佐緒理に関しては、なんら憂えることはない。

これから考えるべきは、脅迫および身代金奪取の方法だ。

警察の介入は必至だ。

「警察を呼んだら女房は殺す」

この一言で警察を阻止できるのなら、毎日が誘拐だらけだ。甘い考えは、はなから捨ててかかった方がいい。

二百人が挑んで二百人が跳ね返された壁を破ることは可能なのか？ 百パーセントの成功を約束された方法がないかぎり、千載一遇の機会が訪れたとはいえ、実行に踏みきるわけにはいかない。

俺は鮭弁当を買いにいくのも忘れ、ひたすら考え続けた。

馬券検討とはわけが違う。はずれは絶対に許されない。

4

六月二十四日は電話のベルで叩《たた》き起こされた。

「はい……、黒田《くろだ》です」

俺は呂律《ろれつ》の回らない寝ぼけ声で出た。

「荏原《えばら》代行サービスさんとは違いますか？」

とまどったように女の声が言った。

「あ。いや、荏原代行サービスです」

俺はあわてて訂正した。ゆうべはとうとう塒《ねぐら》に帰らなかったのだ。

「小宮山です。きのうおじゃました」

「ああ、どうも。おはようございます」

と言いながら、目をしょぼつかせて時計を見ると、すでに午後二時を回っていた。

「あのう、突然で恐縮なのですが、新宿まで出てきていただけますか？」

突然が好きな女だ。

「今、ですか？」

「ええ。お渡ししたいものがありまして」

百万円だ！

「で、新宿のどこに行けばいいのです？」

自然と目が覚める。

「Bという喫茶店をご存じでしょうか？」

「ああ、伊勢丹《いせたん》の裏にある」

「そこの二階で待っています」

「わかりました。実を言うと、僕もあなたにお会いしたかったのです。あなたの面影が瞼《まぶた》に焼きついて、ゆうべはとうとう眠れなかった」

「…………」

「冗談だと思っているでしょう？　本当ですよ。ま、それはさておき、きのう訊《き》き忘れたこともありますので、今すぐここを出ます。一時間もあれば行けるでしょう」

俺は電話を切ると、大急ぎで髭《ひげ》を剃《そ》り、シャツを取り替えて事務所を出た。

Bは、新宿でも一、二の広さを誇る喫茶店で、一階から三階までの各フロアーにはそれぞれ、二十も三十ものテーブルが並んでいる。

俺はBの二階にあがり、美しい面影を頭の中に描きながら、テーブルの間を歩いてまわった。

いたずらに一周を終えて、彼女はまだ到着していないのかと適当な席に着いたとたん、通路の向かい側から、

「便利屋さん」

という遠慮がちな声が届いてきた。

見ると、銀縁の眼鏡、無造作に束ねた髪の毛、濃紺のジャンパースカートと、なんだか中小企業の事務員みたいな女が座っている。

「ちっとも気づきませんでしたよ。きのうとは雰囲気が違うんだもの」

俺は席を移りながら、内心の照れを笑いにまぎらせた。すると小宮山佐緒理は、

「こんな地味な服、趣味じゃありません。でも、変装するなら、絶対に私が着ないような服にしたほうがいいと思いまして」

にこりともせず、妙なことを言う。ジョークのつもりなのだろうか。

「買物の帰りですか?」

彼女が抱えたデパートの紙袋を指さし、俺は尋ねた。

「さっきまで着ていた服です」

彼女はまたも妙な答を返し、袋の口を少しだけ開けた。昨日かぶっていたガルボ・ハットがちらりと覗《のぞ》いた。

「先ほど、主人と一緒におひるを食べました。渋谷の神山町、ニュージーランド大使館の近くにあるLというビストロで」

あっけにとられる俺を尻目《しりめ》に、小宮山佐緒理は話しはじめる。

「食事が終わると、私は主人をレジに残したまま外へ出て、そのまま独りで立ち去りました。時刻は一時二十五分でしたが、Lの前の通りに人影はなく、ですから、私がそこを離れていくところは誰にも目撃されなかったはずです。

私はそれから井の頭通りへ出まして、雑踏にまぎれるようにして渋谷駅まで歩きました。そして、駅のコインロッカーに預けておいた荷物を取り出しまして、東急東横店の洗面所でこの洋服に着替え、化粧を変え、髪を束ね、眼鏡をかけました」

「なんでまた、放課後の女子高校生のようなことを？」

まだ目が覚めきっていなかったのか、俺はそう尋ねた。

「嘘をつくならつくで、リアリティーのあるシナリオが必要だ。そう言ったのはあなたでしょう」

小宮山佐緒理は怒ったように答えた。俺ははっとして、

「誘拐の伏線を張った？」

「そうです。食事中、主人にこう言っておきました。『家を出てからずっと、誰かにつけられているような気がする』って。そしてLを出る時には、『外で待っているわ』と。そう言っておいて、忽然《こつぜん》と姿を消したのです。ですから、いま脅迫電話をかければ、主人は間違いなく、私が誘拐されたと信じます」

俺は唸《うな》った。実にうまく考えたものだ。彼女が作った嘘は、旦那《だんな》というフィルターを通すことによって、あたかも事実であるかのような響きをもって警察の耳に入る。嘘というものは、間に人を挟めば挟むほど、もっともらしさを増していくのだ。

そして、単に姿を消しただけでなく、即刻変装したのもいい。小宮山佐緒理は六月二十四日の午後一時二十五分ごろ誘拐された——そういう伏線を張った以上、その後「犯人に解放される」までは、小宮山佐緒理として人前に出てはならないのだ。

「そういうことですから、今から私、どこかに隠れます。その間に主人を脅迫してください」

と彼女は、ハンドバッグから封筒を取り出した。

「お確かめください」

一万円札がぎっしり詰まっていた。

「あなたはどうもせっかちでいけない。こちらの準備がまだだというのに、もうことを起こしてしまって」

俺はぶつくさ言いながら、封筒をポケットに収めた。とたんに、

「私があれだけ知恵を絞ったというのに、あなたはまだ何も考えていないのですか？」

小宮山佐緒理が血相を変え、拳《こぶし》を振り立てた。

「しっ」

俺はあわてて唇の前に人さし指を立てた。店内に流れているシックスティーン・ビートのジャズが他人の耳をさえぎっているとはいえ、用心するに越したことはない。

「計画のアウトラインは固まっています」

俺は身を乗り出し、声をひそめた。

「ただ、二、三不備な点があったもので、決行はもうしばらくお預けにするつもりでいました。しかしまあ、あなたは賽《さい》を振ってしまった。あれだけ伏線を張っておきながら、今日のところは何事もなかったように帰宅して、後日また別の伏線を張る、なんていうのはめんどうだし、だいいち不自然なものを感じさせてしまいそうだ」

「理屈はもうけっこう。結局、いつになったら私を誘拐してくれるのです」

彼女も身を乗り出してきた。

「この場で不備が解消できれば、すぐにでも」

そう前置きして、俺は尋ねる。

「ご主人は車をお持ちですよね？」

「はあ、それはもちろん」

「社長さんともなると、相当な車に乗っていらっしゃるのでしょうねえ。ベンツとかＢＭ

Wとか」

「ボルボです」

「ほう、ボルボですか。あれも実にいい車だ。戦車のように頑丈ですからね。で、当然のことながら、車には自動車電話を載せていますよね？」

「ええ」

「その番号を教えてください」

小宮山佐緒理がちょっと顔をしかめた。

「場合によっては脅迫電話を車にかけるかもしれません。ご自宅の電話は警察の厳しいマークを受けるでしょうから」

そう言うと、彼女は小首をかしげながらも番号を明かした。

「ところで、例の、ご主人を奪ったお姑《しゅうとめ》さんはどちらにお住まいです？」

これが最重要の質問である。

「あなた方夫婦と同居されているのですか？」

「いいえ」

よし！　と俺は思った。

「では、どちらに？」

「永福ですけど」

きょとんとしながらも彼女は答えた。

「お舅《しゅうと》さんと二人で？」

「舅は他界しました」

「するとひとり暮らしですか」

「いいえ。主人の姉と弟と、それから姉の二人の子どもが一緒にいます」

何？　子どもがいる⁉

「お義姉《ねえ》さんの子どもというのは、まだ小さいんでしょうねえ」

独り言を装って、何気なく尋ねる。

「小学校と幼稚園だったかしら……。あのう、こんなことを訊いて何になるのです？」

「脅し文句を考える際に役立てばと思っただけです。ま、訊くこともなかったか」

俺は、訝《いぶか》しげな彼女をそうはぐらかして、

「さて小宮山さん、脅迫電話をかける前に、どうしてもクリアーしておかなければならない問題があるんですよ。大問題が」

深く追及されないうちに話題を変えた。

「あなたが身を隠す場所です。きのうも言ったように、ホテルはだめです。偽名で泊まったとしても従業員に顔を見られるし、宿泊票には筆跡が残る。彼らは職業がら、客の顔を憶《おぼ》えるのが得意です。この誘拐事件が報道された際、人質となっていた女性の顔写真を見て、何と思うか。後日の憂いとなるようなことは避けなければなりません。

そこでお尋ねしたいのですが、アメリカを旅行しているあなたのお友だち、彼女はいつ帰国——」

「私もそれを考えました」

早押しクイズの解答者のように、彼女が質問をさえぎった。

「すると彼女は、ここしばらく帰ってこない？」

「はい。帰国は来週の月曜日です」

その友人は、相馬《そうま》留美というたいそうな身分のＯＬで、二週間前から東海岸に滞在しているのだという。

「念のためうかがいますが、彼女は独身ですよね？　現在彼女の家には誰もいませんよね？」

「もちろんです。だから私が熱帯魚の世話をしているのです」

「ご主人は、あなたが熱帯魚の世話に通っていることをご存じですか？」

「いいえ。主人には一言も話していません。話したって、どうせ聞いてくれませんから」

小宮山佐緒理はふてくされたように答えた。

俺は、触媒のいかれた車のように煙草をふかしながら、ゆうべ考えた計画と、今ここで得た情報を照らし合わせた。

やがて頭の中のシグナルが青に変わった。

「彼女の家へ行きましょう」

俺は伝票を摑《つか》んで席を立った。

たんまり儲《もう》けさせてくれるお礼だ。コーヒーの一杯や二杯、おごってやろうじゃないか。

5

目指すアジトは、都営地下鉄三田線の西台《にしだい》駅から北へ十分、新河岸《しんがし》川と荒川の間にあった。あたりは工場だらけという野暮ったさで、その四階建てのマンション、誠和ハイツもどこか垢抜《あかぬ》けなかった。ひと昔前の建物だからそうなのだろうが、外壁は無骨なセメントそのままで、たとえるなら、今日の小宮山佐緒理といったところだ。ただ、管理人を置いていないので、隠れ家として使うにはおあつらえ向きだった。

「先に行っててください。部屋へ入るところを誰にも見られないように。ドアの開け閉めも慎重に願います」

と言って、小宮山佐緒理とは建物の前でいったん別れた。

駅の方へ足を返し、スーパーマーケットを見つけると、そこで荷造り用のナイロン紐《ひも》と懐中電灯を買った。コンビニエンスストアではサンドイッチと牛乳を。それで誘拐必需品の仕入れが完了し、俺は誠和ハイツへ戻った。

扉のない門を抜け、建物の中に入ると、ほんの申し訳程度のエントランス・ホールがあって、その右手が一階の各世帯、左手が階段となっていた。

俺は階段を昇った。自分の足音を殺し、他人の足音に注意しながら三階まで達すると、柱の陰から廊下の様子を窺《うかが》った。ドアが五つ並んでいる。誰もいない。

部屋の番号を見ながら廊下を進む。階段に近いほうから、三〇一、三〇二——、となっている。俺は三〇三号室の前で足を止めた。

ノブを回し、ドアを開ける。蝶番《ちょうつがい》の具合が悪いらしく、キイ、キイとガラスをひっかくような音が断続的に響いたが、まわりの工場の騒音を考えれば、さして気にすることはない。

部屋は縦長の1DKだった。

入ってすぐが板張りのダイニングキッチン。俺は冷蔵庫を開け、色とりどりの保存容器が並んだ棚の隙間にサンドイッチと牛乳を入れておいた。

奥は六畳の和室だ。左の壁際にベッドとスタンドミラーが、反対側に洋服箪笥《だんす》とAVラックが並び、正面の窓には花柄のカーテンが引かれていて、部屋全体をラベンダーの香りが包みこんでいる。

小宮山佐緒理はAVラックを背にして座っていた。野暮ったいジャンパースカートから黒のタイトスカートに着替え、束ねた髪をほどき、眼鏡もはずして、元の美しさを取り戻していた。いや、その美しさは昨日以上だ。背後で泳ぐ色とりどりのグッピーが、彼女を妖《あや》しくきらめかせている。

「これから一回目の脅迫電話をかけようと思いますが、その前にいくつか注意しておくことがあります」

俺はベッドサイドの電話機を取りあげると、それを持って小宮山佐緒理の正面に腰を降ろした。

「小宮山佐緒理という女性は、今日の午後、渋谷神山町のL近辺で拉致《らち》され、どこかに監禁されたのです。くれぐれもこの大前提を忘れないように」

小宮山佐緒理がうなずく。背筋をぴんと伸ばしたまま、神妙な顔つきで。

「どこかというのは、もちろんこの部屋じゃない。したがって、あなたの存在証明をこの部屋に残してはいけません」

「はい」

「一つ。余計なものには手を触れないこと」

「はい」

「一つ。カーテンはこのまま閉めておくこと。夜になっても電灯を点《つ》けないこと。明かりが必要な際はこれを使ってください」

と懐中電灯を渡し、

「ごみは部屋のごみ箱に捨てないで、この中に入れておいてください」

とスーパーの袋を渡す。

「それから、電話やチャイムには応答しないこと」

「はい」

「外出は厳禁、戸締まりも万全に願いますよ。居留守をつかっても、セールスマンは勝手にノブを回してきますからね」

「はい」

「グッピーの世話も中止です」

「え？」

小宮山佐緒理が意外そうな顔をした。

「あなたは誘拐されたんですよ。どうしてグッピーの世話に通ってこられます」

「でも……。死なせちゃったら、留美に叱られます」

「小宮山さん、グッピーと自分と、どちらが大切なんですか。いいですか、相馬さんが帰ってきた時、グッピーがぴんぴんしていたらどうなります？　彼女、妙なものを感じますよ。あなたが誘拐されていた間、いったい誰が世話をしたのだろうって。そして犯罪というものはいつも、こういう些細《ささい》なところからほころびを起こすのです」

俺はあきれて言った。彼女は肩をすぼめてうなずいた。

「次に、人質としての心得を二、三。風呂《ふろ》には入らないこと。シャワーもだめです」

「シャワーもですか？」

彼女はまたも不満そうだ。

「監禁されていた人間が、シャンプーの香りをふりまきながら帰宅しますか？　つやつやした肌をしていますか？」

俺が矢継ぎ早に言うと、彼女はしゅんとして頬を押さえた。

「顔も洗えないんですね」

「たかが一日二日顔を洗わなくたって、化粧を落とさなくたって、死にゃあしません。肌が荒れる？　この芝居が終わってからエステに行けばすむことだ。もっともらしい嘘をつきたいのなら、言葉だけでなく、体全体で表現しなさい」

俺は冷ややかに突き放した。どこまでも疲れさせてくれる女だ。しかしまあ、いい女の困惑した顔を見るのは愉快であり、妙な快感すら覚える。

「やつれた感じを演出するために、食事も制限させてもらいます。あなたが食べていいのは、冷蔵庫に入っているサンドイッチと牛乳だけ。それだけじゃ物足りないといって、お友だちが買っておいたものに手をつけてはいけませんよ。出前や外食は論外です」

「わかりました」

言葉ではそう返事したものの、小宮山佐緒理の表情には頼りなさがある。

俺は注意事項を最初から繰り返した。しゃべって聞かせるだけでなく、「人質の心得」と題したメモを作ってやった。世話の焼きついでだ。

「嘘の誘拐も大変なんですね」

メモを見ながら、小宮山佐緒理が感心したようにつぶやく。

「あなたが軽く考えすぎているだけです。狂言を狂言と思わせないためには、このくらいやって当然です」

「軽く考えているだなんて、あんまりです。私は真剣なんですよ」

小宮山佐緒理が眉《まゆ》をつりあげる。

(じゃあ、おつむの働きが鈍いんだな)

俺は喉《のど》まで出かかった言葉をのみこんで、

「そうそう。打ち合わせておくべきことがもう一つあった。誘拐のシナリオを決めておかないと」

と、ふたたびメモ用紙に向かった。

「あなたが拉致されたのは、今日、つまり六月二十四日の一時二十五分ごろ。場所は、渋谷区神山町にあるビストロLの近く。あなたはご主人を待ちながらLの前の寂しい通りを行ったり来たりしていた」

言いながら、ペンを走らせる。

「とその時、路上駐車していた一台の車——白いワゴン車にしましょうか——の後部ドアが開き、あっと思う間もなく、あなたは車内にひきずりこまれた。

ひきずりこまれたかと思うと、これまた電光石火の早業で口にタオルを噛《か》ませられ、目にはマスクをかぶせられた。

『おとなしくしていれば危害は加えない』

聞き憶《おぼ》えのない、低く、しゃがれた男の声がそう言って、車が発進する。

あなたを拉致したのは二人組だ。一人が後部座席からあなたに手をかけ、もう一人は運転席に座っていた。しかしあまりに突然のことで、あなたは彼らの顔を見ていない」

「ちょっといいですか」

小宮山佐緒理が口を挟んだ。

「私、主人に言ったんです。『家を出てからずっと、誰かにつけられているような気がする』って」

「それは先ほどうかがいましたが」

「実は、その誰かについて、具体的に説明しておいたんです」

「というと？」

「ひょろひょろっとした男で、サングラスをかけていて、青い作業ジャンパーを着ていた、と」

「なるほど。これは聞き漏らすと一大事だった」

俺はメモを訂正する。

「では、アイマスクをかぶせられる前に、後部座席の男をちらっと見たことにしましょうか。家を出てから気にかかっていた、サングラスと青い作業ジャンパーの男です。しかし運転席の男は見ていない。これで問題ありませんね？」

小宮山佐緒理がうなずき、俺は次の場面へ進んだ。

「あなたは目隠しされているので、当然、車がどこをどう走ったかはわかりませんが、もう二時間も走っただろうかと思われるころ、車が停まり、ドアが開きます。それから、ガラガラという金属音がして、ふたたび車が動きだし、動いたかと思うとすぐまた停まり、もう一度ガラガラという音が鳴り響きます」

「ガラガラというのはシャッターを開け閉めする音ですか?」

「そのとおり。あなたはそれで、ああ車がガレージに入ったのだなと思います。案の定、『さあ着いたぞ』と犯人の一人が言い、あなたは車から降ろされます。

しかし相変わらず目隠しされたままで、したがって、監禁された部屋の様子はまったくわかりません。そればかりか、ソファーらしき物の上に寝かされるやいなや手足の自由も奪われてしまいます。

食事は出してくれました。手と口のいましめだけが解かれ、手探りで食べろというのです。メニューはもちろん、サンドイッチと牛乳です」

「あのう、お手洗いはどうなるんでしょう?」

彼女はもじもじと、枝毛を探すようなしぐさで髪の裾《すそ》をいじった。

「手足のいましめだけが解かれ、トイレに放りこまれるのです。便器は洋式、便座カバーはなし、座って右側の壁にトイレットペーパー、ということにしましょう」

俺はその答を書きとめると、メモ用紙をちぎって小宮山佐緒理に渡した。

「とりあえず、ここまで憶えましょうか」

「今すぐ、ですか?」

「そんな無理は言いません。あとでゆっくりどうぞ。何度も何度も読んで、しっかり頭に叩《たた》きこんでください。警察の聴取を百回受けたなら百回とも同じ答が出せるようにね。

『私は誘拐されたんだ』と自己暗示をかけることも大切です」

　俺は噛んでふくめるように言って、

「あとでやってもらうことがもう一つあります」

　と荷造り用の紐《ひも》を取りあげた。包装を破り、玉の中央から端を引き出し、彼女の両足首に巻きつけていく。

「な、何を……」

　怯《おび》える彼女にはかまわず、きりきりと縛りあげた。あたりに鋏《はさみ》を探したが見あたらず、台所から庖丁《ほうちょう》を持ち出して紐を切った。

「あなたは手足の自由を奪われていました。監禁中、ずっとね。その跡を残すことによって、証言の信憑性《しんぴょうせい》がぐっと増します」

「でも……」

「もっともらしい嘘をつきたいのなら、言葉だけでなく、体全体で表現しなさい」

　俺はぴしゃりと言った。彼女はしぶしぶうなずいた。

「用足しの際ははずしていいですよ。ただし、戻ってきたら速やかに、元どおり縛っておくこと」

　と言って、とりあえず紐をほどいてやる。

「それから、手首はこう縛ってください」

　新たに二メートルほどの紐を取り、両手と口を使って、自分の両手首を縛ってみせる。

「きつく縛るだけで、結ぶ必要はありません。結ぼうと思えば結べないこともありませんが、無理にやってほどけなくなったらことですからね。ひとつ、練習してみましょうか」

俺は手首の紐をほどき、彼女に渡した。縛るより解く方が難しい。

小宮山佐緒理が「自縛」をマスターしたところで、俺は話を移した。

「さて、話は前後しますが、某所に監禁されてしばらくののち、犯人の一人がご主人に脅迫電話をかけます。犯人が室内の電話を使うのは、あとにも先にもその一回きりです」

「脅迫の内容は？」

「今から聞かせてさしあげます。犯人の言葉そのままをね」

俺はニイッといたずらっぽく笑い、膝元《ひざもと》の電話機をなでた。

「ご主人はもう帰宅してますかね？」

六時二十分である。

「まだ会社だと思います」

彼女は俺の言葉の意味を悟ったらしく、緊張の面持ちだ。

俺もやや緊張していた。今ならまだ計画のとりやめが利くのだ。

しかし俺は小宮山隆幸の名刺を取り出し、受話器をあげた。

「ここからかけるのですか？」

小宮山佐緒理が不安そうに言う。

「ええ。ご主人はおそらく、あなたを電話口に出すよう言ってくると思います。僕はそれに素直にしたがいますので、その時はあなたも心して演技してください」

　そして社長室直通の番号をダイヤルする。

「カフェ・ラシーヌの東亜商事でございます」

　女の声が出た。

「T銀行渋谷支店のサトウと申します。いつもお世話になっております。社長様はいらっしゃいますでしょうか？」

　低く、しゃがれた声を作って言った。

「T銀行渋谷支店のサトウ様でございますね。少々お待ちください」

　ICが「エリーゼのために」を奏でる。俺は送話口を手で押さえて、小宮山佐緒理に言った。

「暴言の数々を吐くことになりますが、それは演技ということでご勘弁を」

　やがて保留のメロディーが消えた。

「はい、代わりました。小宮山です」

　意外と若い声だった。

「あんたの女房を預かっている」

　俺はズバッと言った。

「なんだと⁉」

　相手の声が裏返った。

もうあと戻りできない。脅して脅して脅しまくるだけだ。

途中、小宮山隆幸が、女房を電話に出せと言ってきた。

「ちっ。ヒステリックな野郎だな。ちょっと待ってな」

俺はそう毒づいて、

「おい、旦那《だんな》のご指名だ。余計なことはしゃべるんじゃないぞ」

受話器から口を離し、どこか遠くへ呼びかけるように言った。言ったが、受話器はまだ小宮山佐緒理に渡さない。

口にかませたタオルを取る、足のいましめをはずす、手を引いて電話のそばまで連れてくる――その様子を頭の中で描ききったところで彼女と代わった。

小宮山佐緒理の演技が終わると、ふたたび俺がしゃべり、

「繰り返すが、妙な気を起こすんじゃないぜ。仲間があんたを見張っている。警察を呼んだとわかったら、その時点でジ・エンドだ」

最後はそう締めくくって電話を切った。

いつの間にか全身汗まみれになっていた。指の一本一本が硬直して、受話器が手から離れなかった。

「第一段階が終了しました」

それは自らに言い聞かせる言葉でもあった。

「少しはご主人の愛を感じることができました？」

「え？　ええ」

答とは裏腹に、小宮山佐緒理は、まだまだといった感じでかぶりを振った。

「では僕はこれで」

俺は立ちあがった。

「どこへ行くのです？」

「第二、第三の脅迫電話をかける必要があります。今の電話一回きりでやめてしまったのではリアリティーに欠けますから」

「ここからかけないのですか？」

「だめです」

二回目の脅迫からは本気だ。悪いが、おまえには聞かせられない。

「いつ戻っていらっしゃいます？」

小宮山佐緒理が不安そうに尋ねる。

「来週の月曜までには」

「え？　そんなに長く……」

「冗談です、一日二日の辛抱ですよ。戻ってくる時には電話を入れます。それまでは先ほどの注意を守って、おとなしくしておいてください」

「でも、電話に出てはいけないのでは？」

よしよし。ちゃんと憶えているな。

「ベルが三回鳴って切れ、すぐまた三回鳴って切れたら、玄関の鍵《かぎ》を開けてください。電話はこの近所からかけます」

「三回鳴って、また三回ですね」

「では、お互いにがんばりましょう」

俺は手を差し出し、小宮山佐緒理のやわらかな手が握り返し、そして二人は別れた。

6

「えー、私、タシロミノルと申します」

老いた男の声が言った。

「えー、わけあって先月より、息子夫婦のとこで世話になっておるのですが、碁の相手が見つからんで困りはてております。ひとつ、お相手願えんでしょうか。えー、電話番号は――」

次は若い女だった。

「あのう、トイレに何か詰まっちゃったみたいでぇ、水がどんどんあふれるんです。すぐに修理してくださぁい」

最後は中年の女。

「ねえ、ちょっと、洋服簞笥《だんす》を拾ってきてちょうだい。警視庁の寮、知ってるでしょう?

西大井《にしおおい》の。あそこのごみ捨て場に捨ててあるのよ。茶色の、しっかりしたやつが。ごみ屋さんに持っていかれないうちに頼むわよ」

俺は、やれやれと下唇を突き出した。

六月二十五日、今年は空梅雨なのか、今日も晴れ。これから畑へ出ようってわけじゃないので、天気なんてどうでもいい。けれど、やはり雨より晴れだ。

九時に塒《ねぐら》の床をあげ、事務所に到着したのが十時。

留守番電話を再生してみると三件もの依頼が入っていた。いつもは日に一件あれば上等だというのに、こんな時にかぎってひっぱりだこだ。

「あいにく今日は予定が詰まっているんですよ」

たかだか二、三千円しか取れない仕事にかかわっているほど暇じゃない。

俺は上着の内ポケットからメモを取り出すと、その内容を何度も確認してから電話機の前に置いた。

「さて」

掌の汗を拭《ぬぐ》い、受話器をあげる。新規録音は＃８５００だったな。

「ＮＴＴ都内専用伝言ダイヤルセンターです。このサービスは通話料のほかに伝言ダイヤルセンターの利用料がかかりますので、通常の通話料より高くなっています。ピッという音のあとに、六桁《けた》から十桁の連絡番号とシャープを押してください」

女の声が言った。俺はメモとダイヤルボタンを見較べながら、注意深くボタンを押していった。

3392539×#。

「3392539×、ですね？　正しい時はシャープ、訂正される時はコメジルシを押してください」

#。

「四桁の暗証番号とシャープを押してください」

1102#。昨日さりげなく聞き出した小宮山佐緒理の誕生日を使わせてもらおう。

「1102、ですね？　正しい時はシャープ、訂正される時はコメジルシを押してください」

#。

「伝言をお預かりします。ピッという音のあとに、三十秒以内でお話しください。お話が終わりましたら、数字の9とシャープを押してください」

電子音。

刹那《せつな》、頭の中がまっ白けになった。目の前にあんちょこがあるというのに言葉が出てこない。

俺は大きく息を吸いこみ、それを吐き出す勢いに言葉を乗せた。

「三千万円は紙の手さげ袋に入れて、袋の口をガムテープで隙間なく目貼りしろ。作業は十五分もあれば充分だろう。十二時二十分になったら、今と同じ方法でこの番号にかけろ。次の指示を入れておく」

9♯。

「伝言を繰り返します。訂正される時は数字の8とシャープを押してください」

俺の台詞《せりふ》が再生される。思ったよりまともにしゃべっていた。

「伝言をお預かりしました。ありがとうございました」

「頼んだぜ」

心から言って、受話器を置いた。

またもや全身汗まみれだ。罪悪感があるのか、それとも恐怖心からきている汗か。

「だいじょうぶだ」

声に出し、怯《おび》える自分を勇気づける。

計画は単純にして完璧《かんぺき》だ。あとは自分の運しだいだが、俺は三十五年分のツキを貯金している。

第一志望の高校に落ち、大学も三浪で、勤める先勤める先が不渡りを出し、婚約者には先立たれ——俺の三十五年は、まったくと言っていいほどツキと無縁だった。そろそろばかヅキが訪れても不思議じゃない。

鏡を見る。

麻のジャケット、ブルージーンズ、茶革のウォーキングシューズ。目立った恰好《かっこう》じゃない。

「だいじょうぶだ」

もう一人の自分に声をかけ、俺は事務所を出た。

十時二十分。

借金の元凶であるランチア・インテグラーレをNTT荏原《えばら》に乗りつけ、三月滞納《みつき》してい
た自動車電話の料金を支払う。これで回線の不通は解除された。

それからいったん事務所に戻ると、自動車電話——車載兼用のショルダーホン——をボ
ストンバッグに収め、武蔵小山《むさしこやま》の駅へ歩いた。車は時間の計算が立たないので、こういっ
た仕事には向かない。

目蒲線《めかま》、山手線、井の頭線と乗り継ぎ、永福町に着いたのが十一時十五分。駅前のカフ
ェ・ラシーヌにおじゃまして、今後の段取りを確認する。

十一時五十五分になり、俺は店を出て近くの電話ボックスに入った。目の前の交番が心
理的圧迫をかけてくるけれど、腹を決めて受話器を取る。

「カフェ・ラシーヌの東亜商事でございます」

昨日と同じ女が出た。

「T銀行渋谷支店のサトウと申します。いつもお世話になっております」

「あ……」

「社長様、今日はお休みですよね？」

「あ、はい」

「ご自宅にいらっしゃいますよね？」

「は、はい」

「では、これから言うことを社長様にお伝えください。

昨日の融資の件で大至急お話ししなければならないことがあります。十二時五分になりましたら、シャープ８５０１にダイヤルして、連絡番号３３９２５３９×、暗証番号１１０２で私を呼び出してください。

以上です」

「……、たしかに承りました」

女はそう言って、俺の言伝《ことづて》をうわずった声で復唱した。

「大至急お伝えくださいよ」

俺は念押しして電話を切った。

今のところ予定に狂いはない。女社員の狼狽《ろうばい》が、東亜商事の電話がノーマークであることを物語ってくれた。もしもあの場に警察の人間がいたなら、彼女はああまであわてなかったはずだ。いやむしろ、自然に話すよう指示されていたはずである。

ふう、と息を吐き出し、俺は電話ボックスを出た。どこか遠くでアンジェラスの鐘が鳴った。

それからしばらくはＳ銀行のロビーで過ごし、十二時十五分になって伝言ダイヤルセンターを呼び出した。

「現金を詰めた手さげ袋を持って、今すぐ車に乗れ。もちろん、あんたが、あんたの車――たしかボルボだったな――を運転するんだ。行き先は、中央道下り線の三鷹料金所。料金所のゲート前に車を停めて、しばらく待て。リミットは一時三十分だ。一時三十分までに現われなかった場合は取引を中止する。抜本的な渋滞対策を講じない交通行政当局を怨《うら》むことだな。それから、警察は呼んでいないと思うが、念のため忠告しておく。もしもあんた以外の人間が運転していたり、不審な車をお伴に連れていたら、それがわかった時点で取引を中止する。以上を了解したなら、その旨、この伝言ダイヤルに吹きこんでおくこと」

息つぎ三回で淀《よど》みなくしゃべり終え、俺はS銀行前の電話ボックスを離れた。

こうやって伝言ダイヤルを通じて脅迫しているのは、むろん、警察の逆探知を恐れてのことだ。

逆探知にはある程度の通話時間が必要です。犯人から電話がかかってきたら、できるかぎり長くしゃべってください――。

テレビドラマに出てくる警察の人間は、決まってそんなことを言う。二十年前も、今も。この台詞《せりふ》が真実に基づいているのなら逆探知など恐れるに足りない。相手が何と言って引き延ばしてこようが、それにはまったく取り合わず、言いたいことだけ言ってさっさと切ってしまえばいい。

だが、はたして、通話時間を短くすれば絶対に逆探知されないのだろうか？　「吉展《よしのぶ》ちゃん事件」のころならともかく、ハイテクのこの時代、たかが逆探知ごときに何分も何十秒も要するのか？

そんなはずはない。海の向こうを見るがいい。

アメリカでは「相手先の電話番号をリアルタイムで知らせる」サービスが実用化されている。電話機に専用の装置を取りつけておくと、呼び出しのベルが鳴っているまさにその時に、発信者側の電話番号がディスプレイ表示されるのだ。

犯罪者にとってはまったく都合の悪いシステムである。こうなるともう、単純ないたずら電話はもちろん、電話での脅迫も不可能となる。いくら名前を隠したところで、機械が勝手に電話番号を教えてしまうのだ。

さて、わが日本のNTTでは、その種のサービスを実施していない。しかし俺が思うに、実施していないのはおそらく、通信の秘密やプライバシーに関する問題がクリアーされていないからであって、技術的には今すぐにでも実現可能なのではないだろうか。

仮にそうだとしたら、この画期的な技術を警察が放っておくとは考えられない。誘拐事件の発生と同時に、警察はNTTに対して、隠し持った技術を駆使するよう要請しているのではないか。

取り越し苦労と言ってしまえばそれまでだが、もしも俺の想像どおりだとしたら、通話時間をどんなに短くしたところで逆探知されてしまう。ベルを鳴らしただけで一巻の終わりなのだ。

だから伝言ダイヤルを使わせてもらった。

小宮山隆幸は今ごろ俺の声を聞いていることと思うがそれは決して今の俺の声じゃない。最新の技術を使って回線を遡《さかのぼ》っていったところで、その先に俺はいないのだ。

だが、ここまで用心に用心を重ねた脅迫も、しょせんダミーにすぎない。小宮山隆幸を脅したのは、おいしい話を持ってきてくれた彼の奥方に義理だてしたまでであって、身代金を頂戴《ちょうだい》するためではない。

本当の脅迫は今からはじまる。

俺はS銀行前の通りをまっすぐ北へ歩いた。五分も歩くと、通りの右手に、レンガ塀に囲まれた白亜の邸宅が現われた。鉄筋三階建てで、ガレージは優に三台分あり、隣近所の家屋を圧倒している。

小宮山隆幸の実家だ。昨晩、電話帳を頼りに探しあてた。電話帳によると、杉並区の永福に小宮山姓は一軒しかなく、まずここで間違いない。

俺は小宮山邸のレンガ塀が切れたところで道を渡った。そこに月極めの駐車場があることも確認ずみだ。

車を取りにきたんだ、何か文句あるか、といった感じで堂々と駐車場に入り、銀色のワゴン車の後ろに体を置いた。車の陰から顔を突き出すと、小宮山邸の勝手口の木戸が正面に、少し遠くに蔓草《つるくさ》模様の門扉が見える。

十二時三十分だった。

俺は煙草を喫いながら、地面に三枚のメモを置いた。母親、姉、弟の誰が出てきても対応できるようにと、それぞれに合わせたシナリオを作っておいたのだ。

たて続けに煙草二本を灰にして、正常な神経が充分麻痺《まひ》したところで、ボストンバッグからショルダーホンを取り出し、受話器をあげた。

「はい、小宮山でございます」

呼び出し二回で女が出た。声から判断して、小宮山隆幸の姉と思われた。母親と弟用のメモを裏返す。

「あんたの義妹《いもうと》には死んでもらう」

例によって、低く、しゃがれた声を作り、真の要求をたたみかけた。そして、

「いいか？　警察には絶対報《しら》せるな。あんたの弟にもだ。報せてみろ、小宮山佐緒理も、あんたの息子もブッ殺す。返事をしろ！　今すぐ金を持ってくるな⁉」

と凄《すご》み、

「明大前、井の頭線渋谷方面行きホーム、階段の下。一時までしか待たないぞ」

と念を押したところで送話口を手で押さえた。

ややしばらくして、プッッと音がした。向こうが受話器を置いたのだ。

送話口に蓋《ふた》をしたまま、俺は待った。

義妹を殺すという脅しに加えて、子どもを誘拐したというはったりもかけておいた。そしてタイムリミットの一時まで三十分もない。彼女は今、極度のパニック状態にあるはず

へ向かう。

だ。きっと俺の指示どおりに動く。警察に報せることなく、箪笥《たんす》預金をかき集めて明大前

俺はそう読んでいた。

しかし絶対に一一〇番しないとは言いきれないし、小学校に確認を取ろうとするかもし

れないので、こうして回線を生かしたまま待っている。発信者である俺が受話器を置かな

いかぎり、彼女は新たに電話をかけられないという寸法だ。

もしも受話器をあげる気配がしたなら、こう言ってやる。

「おい、どこに電話する？　警察か⁉」

今度こそ素直にしたがうことだろう。

だが、そこまで周到な予防線は必要なかったようだ。待つこと五分、小宮山邸の勝手口

から女が出てきた。

ゆったりしたジーンズにプリント柄のTシャツという軽装で、パンプスの踵《かかと》をふんづけ

たまま駅の方へ向かっていく。茶色の事務封筒と財布を裸で持っているところからも、そ

の動転ぶりが伝わってきた。

俺はメモと吸殻を回収し、ショルダーホンをバッグに収め、彼女のあとを追った。

彼女は前屈《まえかが》みで突き進んでいった。並足が急ぎ足となり、やがて駆け足となった。途中

の公衆電話から一一〇番するようなこともない。すべてが順調だ。

彼女は永福町から井の頭線に乗り、俺も同じ車輛《しゃりょう》に乗りこんだ。

十二時五十分、明大前着。

彼女は胸の前に封筒を抱きしめ、ホームの階段の下で人波にもまれた。俺は彼女の斜め後ろに立った。

井の頭線を降りた者が通る。京王線からの乗り換え客がやってくる。やってくるだけでなく、階段を降りたところにたむろする。この位置で乗車すると、終点渋谷の改札が近くなるからだ。

「間もなく各駅停車渋谷行きがまいります。白線の後ろに下がってお待ちください」

十二時五十四分、次の電車が入ってきた。

くすんだ銀色の車輛が、徐々にスピードを緩め、こちらへ近づいてくる。それにつれて、乗車待ちの人間が、前へ前へと詰めてくる。俺はいったん人ごみからはずれた。しかし彼女の姿は視界の端にとらえておく。

電車が止まり、ドアが開いた。人の群れが吐き出され、今度は群れが飲みこまれていく。

俺は両膝《りょうひざ》を軽く折り、体を前へ傾けた。唾《つば》を飲みこみ、呼吸を止める。

「ドアが閉まります」

ベルが鳴った。階段の下には、人波に乗りそこねた女が一人。

俺はダッシュした。斜め後ろから彼女にぶつかり、胸の前の封筒をひったくった。

閉じかけたドアをこじあけ、電車に飛び乗る。

ドアが閉まり、電車が動きだす。

「大変危険ですので、駆けこみ乗車はおやめください。次は東松原《ひがしまつばら》、東松原」

おせっかいな車掌が言いやがる。おかげで何人かに注目されてしまったようだ。

俺は東松原で降りた。ちょうど隣のホームに吉祥寺《きちじょうじ》行きの電車が入ってきたので、それに乗り換えた。大切な封筒はウエストバッグの中に収めてある。

明大前に停まった時、ホームにへたりこんでいる女の姿を目撃したが、それ以外別段変わったことはなく、もちろん車内に警察官が入ってくるようなこともなく、一時二十分、吉祥寺駅に着いた。

駅ビルでトイレを探し、大便所に入った。封筒の中身を検《あらた》めてみると、福沢さんがぎっしりだ。一目見ただけで三百万円はかたいと思ったが、震える指で一枚一枚数えていくと、なんと四百五十五万円もあった。

俺は興奮にさむけさえ覚えた。さむけが治まると今度は、体の芯《しん》から笑いがこみあげてきた。

難きを攻めず、易《やす》きを衝《つ》く。正面の兵は囮《おとり》とし、主力は搦手《からめて》に回す。

これが兵法の当然だ。

小宮山隆幸は一国一城の主《あるじ》だ。一億、二億ふっかけても応じてくれただろう。

しかし彼の背後には警察が控えていて、俺は警察とまともに渡り合うだけの力を持っていない。伝言ダイヤルには泡を食ってくれたことだろうが、あんなのはしょせん子どもの突っ張りだ。だいいち、逆探知を避けただけでは身代金に手が届かない。

警察は小宮山隆幸にくっついて身代金の受け渡し場所までやってくる。「警察を連れてきたら人質は殺す」という脅しを素直に受け取っていたら刑事失格だ。

そんな状況下で、どうして身代金の強奪ができようか。俺は、だから、警察にマークされていない小宮山隆幸の実家を襲い、そこで勝負をかけたのだ。

タイムリミットをすぐそこに設定し、かつ法外な要求をしなければ、金持ちのことだ、すんなり裏取引に応じるだろう——。

ギャンブルといえばギャンブルである。

自宅の電話を使えなくしたはいいが、公衆電話から一一〇番するかもしれない。金持ちとはいえ、箪笥預金に多くは望めないし、箪笥預金があるともかぎらない。

しかし、はなから失敗が見えている小宮山隆幸ルートを攻めるよりは、はるかに確率の高い賭《かけ》であり、失敗した場合の逃げ道も確保されている。狙った獲物がいくらでかくても、逆に食い殺されたのでは目も当てられない。ならば、小さな獲物を確実に、ってわけだ。

小利で我慢した結果、俺は成功した。

箪笥預金だけで四百五十五万とは、あるところにはあるもんだ。小宮山佐緒理からの頂《ちょう》戴《だい》ぶんを加えると、締めて五百六十五万円。小利を狙ったわりには結構な儲《もう》けじゃないか。借金をちゃらにするにはそれで充分だ。

俺はトイレを出た。ともすれば緩みそうになる口元を引き締め、駅ビルの人ごみをかきわけた。

駅前の電話ボックスで＃８５０１にダイヤルし、小宮山隆幸の伝言を引き出してみる。

「小宮山だ。佐緒理は無事だろうな？　三千万円の用意はできた。今から家を出る。それから、私は今、車を動かせない。右手を怪我していてハンドルを握れないんだ。だから私の代わりに弟が運転する。私は助手席に座る。どうか誤解しないでくれ。運転しているのは弟だ。決して警察の人間なんかじゃない。言われたとおり、警察には通報していない」

弟に運転させるだと？　けっ、見えすいた嘘をつきやがって。

小宮山隆幸はやはり警察を呼んでいた。正面攻撃をかけなくて大正解だ。

俺はジャケットのポケットからマッチを取り出した。先ほど手に入れたカフェ・ラシーヌの紙マッチで、パッケージには各チェーン店の名称と電話番号がびっしり印刷されている。最初に目についたのが目黒駅前店だったので、俺はそこへ電話することにした。

さあ、仕あげだ。ダイヤルＱ^{2}のパーティーラインを使って、小宮山隆幸にお礼の言葉を述べてやろう。

それにしても、伝言ダイヤルといい、ダイヤルＱ^{2}といい、ＮＴＴさんも実に便利なものを作りだしてくれるもんだ。

全国の同志よ、俺の声を聞け！

犯罪捜査のハイテク化を嘆くな！

科学技術の進歩は、警察にも、犯罪者にも、平等に味方する！

失踪

1

窓の外は生き物のように動いた。

青い空に赤みがさし、赤はやがて紫に変じ、宵闇を街の灯が淡く染めていく。

小宮山隆幸はソファーに身をうずめ、ちかちかとまたたく明かりをぼんやりと眺めていた。

部屋の中は死んでいた。

紫煙が靄《もや》のようにたちこめ、弁当箱や湯呑《ゆのみ》が散乱し、人はみな言葉を忘れ、ぐったりと座りこんでいた。

まるで徹夜マージャン明けの空気である。

いつはてるともなく重苦しい沈黙が続き、ふと気がつくと、小宮山の前に一人の女が腰を降ろしていた。

黒い帽子、白いブラウス、黒いスカート。ブラウスの襟まわりと袖口《そでぐち》にはバラの刺繍《ししゅう》が、スカートのウエストのところにも白いバラが縫いとられている。

小宮山の目は彼女に釘《くぎ》づけになり、彼女も漆黒の瞳《ひとみ》で彼を見つめ、そして、ふっと表情をやわらげた。

彼女は笑うと、右の目尻《めじり》に皺《しわ》ができる。そこにある二つの黒子《ほくろ》を隠すように、くっきりと皺が寄るのだ。

彼女は笑うと、唇の左端がつりあがる。ほんの少しつりあがって、頬がぴくぴく痙攣《けいれん》する。

小宮山佐緒理はいつもそう微笑み、今もそう微笑んでいる。

だが小宮山は、その笑みをひと目見るなり、首の後ろにひんやりとしたものを感じた。目が笑っていないのだ。目尻や唇は笑っていても、目の玉はどんよりと虚《うつ》ろで、どこか遠くを見ているようなまなざしだった。

小宮山は、彼女に近づくのも、声をかけるのもためらわれ、アンバランスな笑顔の意味を考え続けた。

ふと、佐緒理の首にひきつりが生じた。

どうしたのだろうと目を凝らすと、ひきつりはみるみる激しさを増し、白い首筋の中央に、一筋の醜い赤痣《あかあざ》が生じた。首を絞められている。

小宮山は叫んだ。

(佐緒理！)

しかし声は出なかった。立ちあがり、懸命に足を繰りだすのだが、まるでプールの中を駆けているかのような抵抗に遭って、少しも進まなかった。

佐緒理も水中でもがいているように見えた。豊かな黒髪が、海藻のように、ふーわりと揺らいで、歯を剝《む》き出したバラ色の唇がぱくぱくと空気を求めて、ばたつく両手の先で、十本の白い指が、イソギンチャクのように開閉するのだ。

そして、ああ、なんということだ、首を絞められてもなお佐緒理は笑っていた。右の目尻に皺を作り、空気を求める合間に唇の左端をつりあげるではないか。

これは夢だ！

小宮山ははっきりと悟った。だが悪夢を振りはらう術《すべ》を知らず、佐緒理が不気味に死んでいくさまを眺め続けるしかなかった。

佐緒理はやがてもがくのをやめ、どうと仰向けに倒れた。

小宮山は激しい悪寒に襲われた。全身を鈍痛がつらぬき、耳の奥底に怪しい音が鳴り響く。

――――。

「小宮山さん、早く」

その声が小宮山を現実に引き戻してくれた。

ソファーにうずまった小宮山の前に佐緒理はいなかった。とり散らかったリビングルームにいるのは薄汚れた恰好《かっこう》の男ばかりである。

「電話に出てください」

声の主は浜口警部補だった。小宮山はそう言われてはじめて、テーブルの上の電話機がうるさく鳴っているのに気づいた。

小宮山は頭を左右に振りながら受話器を取った。

「佐緒理さんは？」

母の妙子だった。小宮山が送話口に蓋《ふた》をして刑事たちにそれを告げると、彼らは一様に溜《た》め息をついた。

「佐緒理さん、戻ってきた？」

「いや」

小宮山はぶっきらぼうに答え、

「そんなことでいちいち電話してくるなよ。佐緒理が戻ってきたら僕から電話する。こっちはみんなぴりぴりしてるんだ」

怒ったように言葉をつないだ。

「ごめんなさい……。でも、冴子に話があって」

「それこそどうでもいいことじゃないか。帰ってから話せばいい」

「勇が大変なのよ。熱を出しちゃって」

妙子の声は震えていた。たかが発熱でおろおろするなと腹が立ったが、小宮山は姉の冴子を呼んで、投げるように受話器を渡した。

「帰ってもよろしいでしょうか？　うちの子が熱を出したらしくて」

受話器を置いた冴子が刑事たちの顔を窺《うかが》った。

「ああどうぞ。近日中に調書を取りますので、その時には署までご足労願います」

浜口は諒承《りょうしょう》した。

冴子は深々と頭をさげてリビングを離れ、小宮山は彼女を玄関まで送った。冴子はおし黙ったまま出ていこうとしたが、ドアを開けたところで小宮山を振り返り、

「ごめんね」

と小声で言った。

「私が軽はずみなことをしたばかりに犯人を捕まえそこねて」

「すんだことさ」

穏やかな表情を作り、小宮山は言った。

「だけど……」

「姉さんの判断は賢明だったと思う。期限まで三十分となかったんだ。警察に報せたところで、彼らは充分な対策を立てられず、そんな状態で現行犯逮捕できただろうか」

「………」

「だいいち、あの場で犯人を捕まえる必要なんてどこにもない。犯人を捕まえるのは佐緒理が帰ってきてからでいい。佐緒理の話を聞けば、いくらだって手がかりが得られるじゃないか。だったら佐緒理の安全を確保するのが先決だ。犯人は、金さえ出せば佐緒理を返

すと言ってきてるんだし」

小宮山は訥々《とつとつ》と語って聞かせた。

「ありがとう」

冴子は目頭を押さえた。小宮山は彼女の肩に手を置いて、

「礼を言うのは僕のほうだ。姉さんが佐緒理の安全を確保してくれたんだから」

「ありがとう」

冴子はもう一度そうつぶやき、ドアの向こうへ消えた。

リビングルームに戻ると、正志がテーブルの上を片づけ、握り飯やら卵焼きやらを並べているところだった。

「寿司《すし》でも取ればよかったのに」

小宮山は言った。

「ただ待っているのも退屈だからね」

正志はにこっと笑って、今度はお茶を淹《い》れはじめた。

「義姉《ねえ》さん、あいかわらずだね。冷蔵庫の中がからっぽで、こんなものしか作れなかったよ」

そう言われて、小宮山は苦笑した。

佐緒理は料理というものをほとんど作らなかった。食卓に並べるのは出来合いの惣菜《そうざい》か店屋物ばかりで、気まぐれに生鮮品を大量に買いこんでも、半分と使わないうちに腐らせ、

平気な顔でぽいぽい捨てるのだ。

「遅いですね」

八時を指す掛時計に目をやり、小宮山はつぶやいた。身代金を渡して七時間が経過している。

「犯人が奥さんを解放するのはおそらく、もっと夜が更けてからか、あるいは明け方近くだと思います」

握り飯をほおばりながら歳若い刑事が答えた。

「どうしてです？」

「人目を避けたいからさ。俺が犯人でもそうする」

正志が答えた。

「いいかげんに、その『俺が犯人なら』というのはやめろ」

小宮山は顔をしかめた。

「安心するには早いですよ」

浜口が不吉な物言いをした。

「これは私の勘ですがね、どうも続きがあるように思えてならない」

「続き？」

小宮山は首をかしげた。

「犯人の脅迫はまだ続くかもしれないということです」

「そんな……。やつは目的を達した、身代金を奪ったのですよ」

「犯人は四百五十五万円で満足していると思います？　そんな少額を得たいがために、誘拐というリスクの大きな犯罪を手がけるでしょうか」

小宮山は返答に窮した。

「たしかにそうかもしれないなあ。あれだけ周到なやり方を考えておきながら四百五十五万円ぽっちしか奪わないなんて、変な言い方だけど、もったいない。うちの箪笥《たんす》預金を狙ったのもひとつの目くらましにすぎず、一枚も二枚も裏があるのかもしれない」

正志も目つきを厳しくした。

九時、十時、十一時と、時計の針はのろのろと動き、マンションの廊下から聞こえてくる靴音もしだいに少なくなっていった。

靴音を耳にするたびに小宮山は玄関まで足を運んだ。しかし自室のチャイムが鳴ることはなく、浜口が危惧《きぐ》したように、夜が明けても佐緒理は帰ってこなかった。

2

翌六月二十六日、小宮山隆幸は平常どおり出社した。

朝になっても佐緒理が戻らなかったことで、犯人の要求はさらに続くのではないかという見方が有力になってはいたが、しかし小宮山は社長という立場上、いつまでも「風邪」

をこじらせておくわけにいかなかった。

小宮山の出社に先立って警察は、東亜商事の社長室に臨時の回線を設け、そこに荻窪の自宅にかかってきた電話を転送するよう手配した。

社長室隣の小会議室には二人の刑事が待機した。転送されてくる電話だけでなく、社長室直通の電話も逐一盗聴し、もしも犯人からの連絡が入ったなら逆探知しようというのである。

内部犯の可能性も大いにありうるということで、以上の準備は始業前に行なわれ、小会議室の外には終日「会議中」の札がさげられた。したがって今回の事件を知っている社員は、小宮山を除けば、秘書の有村真樹一人ということになる。もっとも、彼女が口を滑らせていなければの話だが。

小宮山はその日一日、社を一歩も出なかった。

人と会う約束は可能なかぎりキャンセルするか電話ですませ、どうしても直接会わなければならない用件についても、相手にわがままを言って自社まで足を運んでもらった。

落ちつかない一日だった。耐えがたいほど長い長い一日だった。

誰と会っても上の空で、愛想笑いされると殴りつけてやりたくなり、独りになったらなったで煙草とコーヒーばかりやっていた。

次の日も、そのまた次の日も。

そして佐緒理の消息も犯人からの連絡も絶えたまま二週間が過ぎ、七月九日になった。

小宮山が浜口警部補の訪問を受けたのは、その日の暮れ方である。小宮山は有村真樹を退室させ、社長室のソファーで浜口と差し向かった。

「ずいぶんお疲れのようですね」

腰を落ちつけるなり、浜口が言った。

あたりまえだ。緊張と焦燥の毎日が続き、しかも一日と一日の間では例の凶夢にさいなまれ、どちらかといえばふっくらとしていた小宮山の顔も今では、ムンクの「叫び」のようにゆがんでしまっている。

「その後いかがです？」

小宮山は尋ねた。

「いけませんね」

浜口はかぶりを振った。

警察は、ただ犯人からの連絡を待っていたわけではない。渋谷神山町のビストロL近辺や井の頭線明大前駅で目撃者を求める一方、東亜商事やその取引先にも出没し、金に困っている者、小宮山を怨《うら》む者はいないかと、それとなく嗅《か》ぎまわっていた。

「今のところ手がかりらしい手がかりは摑《つか》めていませんし、率直に申しまして、このままの捜査を続けたところで埒《らち》は明かないでしょう」

浜口が抑揚のない声で言った。

「捜査を続けても埒が明かない……。あなた、それが警察官の言うことですか！」

怒鳴りざま、小宮山はテーブルに拳《こぶし》を落とした。

「このままの捜査を続けたら、ということです」

「おっしゃる意味がわかりません」

「そろそろ捜査の方針をあらためる時期にきていると思うのです」

「捜査の方針？」

「ええ。これまでは、人質、つまり奥さんの安全を第一に考えて秘密裡《り》に捜査を進めてまいりましたが、聞きこみの成果ははかばかしくなく、また犯人との接点も切れたままで、われわれとしても手の打ちようがない状況に陥っています。

そこで今後は、犯人を挙げることに主眼を置き、広く一般に情報を求める方向で捜査を進めたいと思うのです。マスコミに事件を報道させれば、必ず新しい道が開けます」

「ちょ、ちょっと待ってください。あなた、佐緒理を見殺しにしろと言うのですか？　マスコミが事件を報道したら、犯人を刺激するのは必至じゃないですか」

小宮山は眦《まなじり》を決して聞きとがめた。すると浜口は居住まいを正して、

「小宮山さん、私は希望的なものの言い方をしない主義です。希望的な言葉は、それがかなわなかった時、かえって相手を傷つけてしまいますから」

と、ひどくものものしい調子で言った。小宮山は次の言葉を予感して唾《つば》を飲みこんだ。

「先例を見ていきますと、人質が解放されぬまま誘拐犯からの連絡がとだえた場合、九分九厘不幸な結果が待っています」

「はっきりおっしゃってください」

小宮山は頭《こうべ》を垂れてうながした。

「現時点で奥さんが無事でいらっしゃる可能性はきわめて低いということです」

言って、浜口は顔を伏せた。不治の病を宣告する医師の心境なのだろう。

「身代金を得たというのに、どうして佐緒理を……。警察を呼んだのが間違っていたのか……」

小宮山は頭を掻《か》きむしった。

「われわれが乗りだしたことは無関係です。事件の経過から考えて、犯人は最初から警察の介入を予測していました」

「ではなぜ佐緒理を殺さなければならないのです⁉」

小宮山は詰め寄った。

「理由はいくつか考えられます。身代金を奪ってアジトに帰ったのち、奥さんとの間に何らかのトラブルが生じた。あるいは、自分の犯罪を立証する致命的な証拠を握られてしまった。たとえば、それまで隠していた顔を見られてしまったとか。それとも……」

浜口は指を折りながらそこまで言うと、迷うような視線を宙に這《は》わせたが、ややあって、低い声でぼそっとつぶやいた。

「この誘拐の真の目的は奥さんの殺害にあったのかもしれない」

思いもかけなかった言葉に、小宮山は絶句した。

その時、ノックの音が小さく響いた。

小宮山が応答するより早く有村真樹が入ってきた。お茶はいらないと言っておいたにもかかわらず、コーヒーカップを載せたお盆を持っている。覗《のぞ》き見にきたのだろう。

しかし浜口はさすがに心得たもので、彼女がのろのろとコーヒーを配っている間は紫煙をくゆらせるだけで、決して口を開こうとしなかった。

「事件を公にすることを了解していただけますね？」

有村が立ち去り、浜口が言った。

いやですとつっぱねれば、はいそうですかと引きさがるのだろうか。小宮山が口ごもっていると、浜口はさらに言った。

「非常に残念ではありますが、客観的に状況を見た場合、公開捜査に切り替え、犯人逮捕に全力を傾けることが最善の解決策なのです。小宮山さんが絶対にだめだとおっしゃられるのなら、今までどおり非公開で捜査を続けますが、しかしわれわれが事実を隠したところで、ひと月もふた月もこのような状態が続くようなら、マスコミは自主規制を解除して報道に踏みきりますすよ」

なんということだ。警察はいつから脅迫者と同類になったのだ。

「わかりました」

小宮山はそう応《こた》えざるをえなかった。

「ご協力に感謝します」

浜口は安堵《あんど》したように額に手を当てた。小宮山は唇を噛《か》んだ。

浜口の気持ちがわからないでもない。彼も辛《つら》いのだ。それが証拠に、最前から血の通っていない言葉を並べたてているけれど、決して小宮山と目を合わせようとしない。上司の命令を受け、不本意ながら、小宮山を苦しめる役をになっているのだ。

しかし、そうとわかっていても小宮山は、浜口に激しい敵意を抱かずにおれなかった。

「奥さんの身長は百七十センチということでしたよね？」

浜口が手帳を開いて尋ねてくる。

「ええ」

小宮山はぶっきらぼうに答えた。

「体重は？」

「知りません」

「まあそうでしょうな。わかります、わかります。私もうちのやつの体重を知らない。太ったただの痩《や》せただの私の前で大騒ぎするくせに、私が、じゃあ何キロあるんだと尋ねても、絶対に教えようとしない」

空気をなごませようとしているのだろう。浜口はそんなくだらないことを口にして、はっはっと笑った。

「どちらかといえば痩せ型でしたよね？」

「ええ」

「血液型はB」

「ええ」

「体に、特徴となるような傷や痣《あざ》はありました？　たとえば虫垂炎の手術跡とか」

「いいえ」

「耳たぶにピアスの穴をあけていた」

「ええ」

「両耳とも？」

「ええ」

露骨な質問ばかりだ。身元不明の変死体が発見された際、佐緒理のデータと照合してみようというのだ。

「歯はどうでした？」

「歯？」

「丈夫でした？」

「いえ。年に二、三度は歯医者の世話になっていました」

「かかりつけの歯科医をご存じでしょうか？」

これまた嫌な質問だ。入歯や義歯の状態から死体の個人鑑別を行なうという話を聞いたことがある。死体が腐乱し、顔貌《がんぼう》や体の特徴が消えてしまっても、歯だけはいつまでも腐《ふ》蝕《しょく》されずに残るらしい。

「奥さんの服装は、白いブラウスに黒いスカート、つばの広い黒帽子でしたね？　ブラウスの襟と袖《そで》にはバラの刺繍《ししゅう》が、スカートのウエストにも白いバラが縫いとられている」

「ええ」

「左の薬指に結婚指環《ゆびわ》」

「ええ」

「ところで小宮山さん、先ほどの話ですがね」

手帳から目を離して浜口が言う。

「捜査本部では、あれを有力視しています」

「あれ？」

小宮山は小首をかしげた。

「誘拐の真の目的は奥さんの殺害にあったのかもしれない」

浜口は先ほどと同じように、声を低めてつぶやいた。小宮山もふたたび息をのんだが、ちょっと考えて、

「いや、それはおかしい」

と言った。

「佐緒理をそうすることが目的だとしたら、私を脅す必要はない」

「小宮山さんをひどく怨《うら》んでいる人間なら、そこまでやりかねませんよ。まずは誘拐の事実を突きつけることで苦しみを与え、連絡を絶つことでいっそうの苦しみを、そして最後

に決定的な打撃を与える」

「しかし……、しかしですね、犯人は現に身代金を奪っているのですよ。そう、実に巧妙な手口で、警察の裏をかいて。これはどう見ても、金目当ての誘拐としか思えません」

「そこなんです。犯人の狙いは」

浜口が上目づかいに言う。

「形ばかりの脅迫にとどまらず、実際に身代金を奪ってみせることで、誘拐はあくまでも金欲しさに行なわれた、犯人は金に困っている人間だと思いこませることができる。捜査の目を真の目的と動機からそらすための策略です」

小宮山は低く唸《うな》った。納得したからではない。たしかにそういう解釈も成り立つなと思ったまでだ。

「で、あらためてうかがいますが、あなたに怨みを持つ人物に心当たりはありませんか？」

「いいえ」

「たとえば、そう、あなたは若くして会社のトップに就いたわけですよね。それに憎悪を感じている人間が社内にいるのではありませんか？」

憎悪といえばおおげさだが、快く思っていない者は少なからず存在する。

「そんなことはありません」

しかし小宮山は強く否定した。

「同業他社から怨みを買っていませんか？」

「ありません」

やはり断言すると、浜口は下唇を突き出して目を閉じた。

それぞれの考えに耽《ふけ》った沈黙を浜口のポケットベルが破った。

「何か思いあたるふしがあるようでしたら知らせてください。どんな些細《ささい》なことでもかまいません。最近は、ちょっとした怨みで人を殺すばかどもが増えていますからね」

浜口はポケットベルのスイッチを切ると、そう憎々しげに吐き捨てて部屋を出ていった。

小宮山はうめくように息を吐き出した。煙草を手にすると、一本目は根元まで灰にし、二本目はひと喫いしただけで火を落とし、そうしてコーヒーカップを口に運んだ。半分ほど飲んではじめて、それがすっかり冷めきっていることに気づいた。

ドアが開く音がした。

「有村君、コーヒーはいらないと言っておいたのにどうして――」

覗き見趣味の秘書を叱ろうと顔をあげ、小宮山はあわてて口をつぐんだ。入ってきたのは浜口警部補だった。

「あ。これは失礼を」

気まずく笑いながら言う。浜口からは何も返ってこない。その厚い胸板を大きく上下動させ、苦しげな表情でドアにもたれかかっている。

「忘れ物ですか？」

浜口はかぶりを振ってうつむいた。そしてかすれた声で言った。

「奥さんの……、いや、奥さんのものと思われる死体が発見されました」

3

外は雨だった。それも梅雨の終わりの激しい雨だった。

中央道は非常に混雑していた。帰宅のラッシュに事故渋滞が重なったらしい。

小宮山隆幸は警察の車に乗っていた。

車は遅々として進まず、不安な心を落ちつかせてくれるBGMもなく、小宮山は煙草ばかり喫っていた。喉《のど》がいがらっぽくなっても、吐き気を催しても、やっぱりシガレットケースに手が伸びた。

小仏《こぼとけ》トンネルを抜けて山梨県に入ると、雨足がいっそう強くなり、時折、行く手に見える暗い稜線《りょうせん》を、青い閃光《せんこう》が不気味に染めた。

渋滞は大月《おおつき》インターを過ぎて解消し、小宮山たちを乗せた覆面パトカーは、今までの鬱《うっ》憤《ぷん》を晴らすかのように、赤色灯を屋根に載せ、土砂降りを切って疾走した。

小宮山はあいかわらず煙草だけが頼りだった。横に座る浜口警部補も腕組みしたまま口を開こうとしない。

勝沼《かつぬま》インターで中央道を降りた。塩山《えんざん》警察署に着いたのは午後十時過ぎである。

二階の刑事課を訪ね、浜口が大声で名乗ると、怒り肩の男が待ちかねていたように席を立った。

「本原《もとはら》です。ご苦労さまです」

塩山署の刑事は浜口に挨拶《あいさつ》すると、次に小宮山に向かって、

「このたびはご愁傷さまです」

と神妙に頭をさげた。

「やめてください」

小宮山は本原を睨《にら》みつけた。

大菩薩嶺《だいぼさつれい》の麓《ふもと》で女性の変死体が発見されたというけれど、それが佐緒理であると決まったわけではない。

「とにかく見てみましょう」

二人の間をとりなすように浜口が言い、不躾《ぶしつけ》な刑事を先頭に刑事部屋を出た。

階段を降り、狭い廊下を縫って進んだ。三人は言葉をかわすことなく、不揃いの足音だけが冷たくこだました。

目的の部屋は建物のはずれにあった。その部屋の近くには窓がなく、天井の蛍光灯が不気味に明滅していた。

部屋の中も薄暗かった。薄暗いばかりか、消毒剤と線香の入りまじった絶望的な臭いさえ漂っていた。

小さな部屋のまん中には古びたストレッチャーが置いてあった。上には白い布で覆われた何かが横たわり、その枕元には形ばかりの仏壇が置かれている。浜口は線香を立てて合掌したが、小宮山はしなかった。

「現場での検案によると、どうも絞殺されたようです」

本原はそう言って、ストレッチャー上の白い布に手をかけた。

小宮山は思わず目を閉じた。

「お気持ちは察しますが、お願いします」

浜口にうながされ、小宮山はそろそろと目を開けた。ひと目見るなり顔をそむけた。

髪がごっそりと抜け落ち、眼球が突出し、顔全体がぱんぱんに張りつめ、そのせいで唇が異常に膨張して――本当にこれが人間なのか。

「それと、ここ。見てください、ひどいもんでしょう」

本原は、顔から下を隠していた白布を剝《は》ぎ取った。小宮山の口中に生唾《なまつば》があふれかえった。だが、見まい、見まいとしても、ついそちらの方へ目がいってしまった。

妊婦のようにせり出した腹、葉脈状に透けて見える血管、あちこちに浮かびあがった赤茶色の水疱《すいほう》。

そして本原が指し示したところには白い骨があった。左足のふくらはぎの肉がきれいさっぱり削《そ》げ落ちて、そこだけ骨が露出していた。

「腐敗によるとするには不自然ですね」

浜口が言った。

「犯人が切り取ったのでしょう。まったくひどいことをするやつです」

本原が応じる。

「どうです?」

浜口が小宮山に尋ねた。小宮山はうつむいたまま答えない。

「両方の耳たぶにピアスの穴があいています。皮膚の色が変わっていてわかりにくいですが、よく見ると、右の目尻《めじり》に黒子《ほくろ》が二つ認められます」

「違います」

小宮山はくぐもった声で抵抗した。

「ピアスの穴をあけている女性はごまんといる。右の目尻の黒子だってそうだ」

「否定されるお気持ちは痛いほどわかりますが——」

「だいたい、佐緒理はこんな顔じゃない。こんなに太ってなかった。あいつの髪はこんなに汚くなかった」

「体が異常に膨れているのは腐敗ガスの影響です」

「違う!」

小宮山は耳に蓋《ふた》をした。

「これを見てください」

本原がポケットからビニール袋を取り出した。中には、鈍い輝きがあった。

「死体は着衣を剝ぎ取られた状態で地中に埋まっていました。靴も履いていません。ピアスもついていませんでした。しかしこの指環だけは左の薬指に残っていたのです」

小宮山はビニール袋に見入った。

シンプルなデザインの、ごく普通の結婚指環だ。こんなもの、誰だって持っている。

だが、リングの内側に刻みこまれた文字は、それが世界でただ一つしか存在しないことを物語っていた。

TAKAYUKI to SAORI, 1989.6.30

「この指環をつけてください。あなたへの愛と誠実の証《あかし》です」

小宮山はそう言って佐緒理の左手を取り、細い薬指に、このプラチナのリングを授けた。

「この指環をつけてください。あなたへの愛と誠実の証です」

佐緒理もそう言って、小宮山の薬指に指環をはめた。

二人の出会いはパーティーの席だった。それは業界の重役連中を集めたパーティーで、年寄りの相手に疲れた小宮山は、半ば過ぎから会場の隅に隠れ、独り黙々と箸《はし》を動かしていたのだが、

「あなた、つまらないんでしょう。私もおじいさんは嫌い」

と声をかけられ、見ると、一人のコンパニオンがにっこり笑っていた。それが二十四歳

の佐緒理だった。

彼女の容姿は、びっくりするほど美しかった。抱けばぽきりと折れそうな体、日本人ばなれした脚の線、豊かな黒髪、目元の艶《あで》やかさ——挙げていけばきりがないが、とにかく小宮山の理想にかぎりなく近く、ひと目見るなり彼女の虜《とりこ》となった。

二人はそれぞれ仕事が忙しく、月に一、二度しか逢《あ》えなかったが、一年ほどつきあったのち、結婚した。

結婚を急いだのは小宮山のほうである。頻繁に舞いこんでくる見合い話にピリオドを打ちたかった。いや、それは瑣末《さまつ》な理由だ。デートもままならぬようなつきあいを続けていたのでは、ほかの男に取られてしまう。そんな強迫観念が小宮山を急がせたのだ。

最初、小宮山の両親は、この結婚に難癖をつけた。ついこの間まで貧しいお茶屋さんをやっていたくせに、家柄がどうの、コンパニオンなんて、などと言うのである。しかし実際に佐緒理と会わせてみると、両親はことのほか彼女を気に入ってくれた。

そして一九八九年六月三十日。

「妻たちよ、自分の夫に服しなさい。夫たちよ、知識にしたがって妻とともに住み、弱い器である女性として、これに誉れを配しなさい」

神父のあの言葉。澄んだ鐘の音、鳴りやまぬ拍手、慈母の笑顔、厳父の涙、新婦の薬指の輝き。

愛を誓い合い、指環を交換して、あれから二年。

「佐緒理」

ビニール袋を握りしめ、小宮山は妻の体にすがりついた。

「佐緒理。佐緒理、なのか……」

返事も、ぬくもりもなかった。

佐緒理の死体は早速司法解剖に回され、七月十一日の朝、結果が発表された。

死因は、頸部《けいぶ》圧迫による窒息死。気道の両側を走っている頸動脈と頸静脈が紐状《ひもじよう》のもので強く圧迫されたことにより、脳が血液の循環障害に陥り、脳組織が窒息したのだという。

死後の経過時間は二週間前後。左のふくらはぎは死後切断されていた。

血液型はB。

上顎《じようがく》の右第一、第三、左第一、下顎の右第一大臼歯《きゆうし》に虫歯治療のアマルガム充塡物《じゆうてんぶつ》が認められ、上顎の中切歯二本は差し歯になっていて、これは荻窪のK歯科に残された小宮山佐緒理のカルテと完全に一致した。

小宮山隆幸は遺体を引き取ると、取材陣の包囲網をかいくぐり、絨毯《じゆうたん》爆撃のような質問にはいっさい答えず、突きつけられた現実に震えながら東京へ戻った。

殺人

1

六月二十五日。

俺は天国から地獄へ滑り落ちた。ひる過ぎに訪れた人生最良の時は破滅へのプロローグにすぎなかったのだ。

小宮山隆幸に深い感謝をあらわしたあと、サラ金の二、三に立ち寄って札束を叩《たた》きつけてやり、俺ははればれとした気持ちでアジトへ向かった。

都営地下鉄三田線の西台駅に着いたのは夕暮れどきである。

俺は早速、駅構内の公衆電話から合図を送った。

ベルを三度鳴らしてフックを押さえ、もう三度鳴らして受話器を置く。

それから十分後、俺の軽やかなステップは誠和ハイツの前で停まった。往来に気を配りながら門を抜け、エントランス・ホールで耳をそばだて、降りてくる足音がないことを確認したのち、階段に足を載せる。

これからやるべきことは、そう、誘拐犯から解放されるシーンの打ち合わせだな。今晩じゅうにシナリオを憶《おぼ》えこませ、俺が刑事役となってロールプレイ・テストを繰り返し、そして明け方になったら自宅へ帰らせよう。

小宮山佐緒理とも今宵かぎり、何もしないまま、あの色っぽい体とさよならか。なんとも残念だけど、ま、大金を頂戴《ちょうだい》できたんだから、よしとしよう。二兎《と》を追う者は一兎をも得ず、ってね。

ところで佐緒理ちゃんよ、ノー・サイドの笛が鳴ったんだから、帰宅して何が待ち構えていようとも、怨《うら》みっこなしだぜ。俺も悪いがおまえも悪い。腹立ちまぎれに真相をばらすなよな。しかしまあ、おまえたちにとっちゃあ四百五十五万円なんて端た金だろうから、自分を捨ててまで警察にチクることはないだろう。

などと考えているうちに、もう三〇三号室のドアの前である。

ノブを回すと、約束どおり、ドアは手応《てごた》えなく開いた。ドアを閉め、薄暗い空間に向かって声をかける。

「ただいま帰りましたよ」

応答はなかった。

俺は靴を脱ぎ、板張りの上を滑るように歩いた。

「お疲れさまでしたね」

そう言っても沈黙が返ってくるばかりだ。

「もしもし？　開けますよ」

俺は首をかしげながら、ダイニングキッチンと和室の間の襖《ふすま》に手をかけた。

そろそろと開けていくと、それにつれて、どこか身内のうずくような臭いが漂い出てきた。甘いような、すっぱいような、それでいて苦みも感じられて、なんとも形容しがたい不快な臭いだ。

「小宮山さん？」

俺は六畳間に足を踏み入れた。

「あっ」

短く叫び、ボストンバッグを取り落とした。俺は自分の目が信じられなかった。

小宮山佐緒理が死んでいたのだ。

両手首と両足首に荷造り用のナイロン紐《ひも》を巻きつけた彼女は、「く」の字になって部屋のまん中に転がっていた。首には、パンティーストッキングが二重三重に巻きつけられている。

「苦悶《くもん》」とか「断末魔」とかいう言葉は、今の彼女のためにある。

乱れに乱れた黒髪、ぎょろりと剝《む》き出た二つの目玉、どす黒い血で塞《ふさ》がった鼻の穴、青紫色に腫《は》れあがった唇、その間から覗《のぞ》く色を失った舌先。あの美しい面影はどこにも見あたらない。

「小宮山、さん？」

絶命しているのは明らかだったが、俺はおそるおそる彼女に近づき、声をかけた。肩に手をかけて揺さぶった。彼女は顔の筋ひとつ動かさず、カックンカックンと揺れた。

やはり死んでいた。

どうして死んでいるのだ。

俺は茫然《ぼうぜん》と立ちつくした。

だまされるもんか。これは手のこんだいたずらだ。ハリウッドのメイクアップアーチストが人形に化粧を施したのだ。それともロンドンの臘《ろう》人形師のしわざか。さもなくば俺は幻覚を見ているのだ。

だまされるもんか！

俺はふらふらと部屋を出た。

と、胃のあたりがきゅーっと絞めつけられた。胃がどんどん口の方へ持ちあがってきて、すっぱいものが口の中にあふれてくる。船酔いしたような不快な感覚。

俺は胃の中のものを流しにぶちまけた。朝から何も食べていなかったので黄色い液体しか出なかった。そしてもう打ち止めだというのに、胃はいつまでもひくひくと痙攣《けいれん》し、あとからあとから生唾《なまつば》が湧き出てきた。

苦痛からか、恐怖からか、じんわりと涙が湧いた。

2

俺は酒を飲んだ。

新宿の、労務者の吹きだまりのような酒場で、コップ酒をぐいぐいやった。俺はかなりいけるくちだったが、競馬ですった時でさえこんな飲み方をしたことはなかった。酒を逃避の手段に使うやつは人間のクズだと思っていた。

しかし今は飲まずにおれなかった。最低の人種になろうが、からっぽの胃に穴があこうが、酒の力を借りてパニックを抑えないことには頭がどうかなってしまいそうだった。

どうして小宮山佐緒理が死ななければならないのだ。いったい誰に殺されたのだ。武蔵小山の駅前でも、冷酒と水割りをちゃんぽんにして、したたか飲んだ。

沈酔して、すべてを忘れてしまいたかった。頭の中のものをゲロと一緒に吐き出してしまいたかった。

どうして小宮山佐緒理が死なければならないのだ。いったい誰に殺されたのだ。

いや、この際、そんなことはどうでもいい。俺は今、非常にまずい立場に置かれているのではないだろうか。

死体をあのまま放っておくとどうなる。

腐敗は日々刻々と進行し、異臭は部屋に充《み》ち、戸外へ流れ出し、それを訝《いぶか》った隣人がドアを開け、あるいは大家に連絡し——最後には警察がやってくる。隣人が無関心を決めこんだとしても、来週早々には部屋の主がアメリカから帰ってくるので、やはり死体は警察の手に渡る。死んでいるのが、先だって誘拐された社長夫人であると判明するのにたいした時間はからないだろう。警察は当然、誘拐犯に殺害されたのだと断定する。

そして誘拐犯は、この俺なのだ！

小宮山佐緒理が殺されたのは、昨日俺があの部屋を出てから今日の夕方戻ってくるまでの間、具体的にいえば、六月二十四日の午後六時三十五分から二十五日の午後五時十五分にかけてだ。

俺はその間のアリバイをほとんど持っていない。ばかばかしいほどあたりまえだ。自ら望んで、常に他人の目を避けて行動していたのだから。

なんてこった。このままでは、俺が彼女を殺したことになっちまうじゃないか！

仮にアリバイが立証され、殺人犯の濡《ぬ》れ衣を着せられずにすんだとしても、俺が狂言誘拐の片棒をかつぎ、小宮山隆幸の実家から金をだまし取ったことはまぎれもない事実なのだ。

ああそれから、小宮山佐緒理に、手足を縛っておけと命じたのもこの俺だ。手足のいましめさえなければ、彼女は殺人犯に抵抗し、部屋から逃げ出せたかもしれないのだ。それを考えると、彼女の死のお膳立《ぜんだ》てをしたのは俺ということになり、俺は何らかの罪をおっかぶるはめになりゃしないか。

結論。死体をあのまま放っておけば、俺は刑務所に入れられる。

考察。

刑務所に入りたくなかったら、死体をどこかに隠さなければならない。

おいおい、ちょっと待てよ。するとなにか、俺が彼女の死体を処理しなければならないのか？　これ、マジかよ。

パニックを鎮めるための酒がかえってパニックを引き起こし、のしかかる絶望感に頭蓋《ずがい》の中身が分裂していくのだった。

しかし事務所に帰りつき、ハーパーをストレートであおっているうちに、俺の不安は消し飛んだ。

死体をあのまま放っておけば刑務所に入れられる？　そんなことはない。俺は少々神経衰弱になっていたようだ。弱気の虫が誤った結論を導き出したのだ。

死体を放置しておけば、いずれ誰かが発見する。発見者は警察を呼ぶ。警察は誘拐犯が殺したのだと断定する。

ここまでは絶対だ。だが警察は、誘拐犯、つまりこの俺を捕まえることはできない。できやしない。

警察はまず、捜査の常として、小宮山佐緒理、あるいは小宮山隆幸のまわりに犯人を求めるだろう。ところが俺と小宮山夫妻は赤の他人だ。二人の知人を、知人の知人を、知人の知人の知人を洗ったところで、俺の名は決して出てこない。

そして俺は今回の狂言誘拐とそれに便乗した身代金強奪を、実に用心深く行なった。逆探知されない方法で脅迫したし、アジトへの出入りにも細心の注意をはらった。

明大前での身代金奪取は、一見強引のようであって、実は都会の混雑と無関心を利用した安全な方法だ。俺の顔を憶えた乗客がいたとは思えない。

新宿の喫茶店で彼女と話しこんだことが気がかりといえば気がかりだが、しかしあの時彼女は変装していたし、やはりあの場も都会の無関心が支配していた。

つまり、小宮山佐緒理の死体と俺との間に糸はないのだ。世界に名だたる桜田門《さくらだもん》といえども、たぐりよせる糸がなければ俺のところまでやってこれまい。

だったら、死体はあのままにしておいたってかまやしないじゃないか。俺の身に災いは降りかからないのだ。

だいじょうぶだ！

俺は安堵《あんど》して、酒のピッチをますますあげた。今度は祝宴だ。鼻歌でも歌いながら楽しくやろう。

そのうち、俺は妙に気持ちよくなって、札びらをばらまきはじめた。今日ははずれ馬券の花吹雪じゃないぞ。一万円札の牡丹《ぼたん》雪だ。

俺はもう狂ったように、札びらをまいては拾い、まいては拾った。

ところが、そんなことを繰り返している最中に大変なことを思い出した。メモだ。小宮山佐緒理に渡した「人質の心得」は今どこにある？

彼女が持っている。誠和ハイツ三〇三号室に残されたままだ！

あの時使ったメモ用紙はたしか——三年前ここに事務所を開いた際、ちょっと見栄《みえ》を張って作った社名入りのメモ用紙だ。もちろん、住所も電話番号も入っている。

ことの重大さに背筋が冷えた。

あのメモが警察の手に渡ったら一巻の終わりじゃないか。警察は、よほど間抜けでないかぎり、メモの内容から今回の誘拐事件の真相を看破する。住所を頼りに俺のところへやってくる。そしてメモには俺の筆跡で狂言誘拐のシナリオが！

酔いは一気に醒《さ》めた。

時計を見る。午前一時半を回っていた。もう電車は動いていない。

俺は頭から水をかぶり、リステリンを口にふくみ、事務所を飛び出した。頭の芯《しん》はズキズキしているけれど、意識はきわめてはっきりしている。ハンドルを握るには充分だ。

神はまだ俺を見捨てていなかった。途中、事故を起こすことも、検問にひっかかることもなく、二時半前には高島平《たかしまだいら》団地に着き、俺は団地の北東のはずれにランチア・インテグラーレを停めた。明かりの消えた西台駅が大通りの向こうに見える。

ここからは歩きだ。人の目を考えると誠和ハイツまで車を乗りつけないほうがいい。

時刻が時刻だけに人通りはまったく絶えていた。誠和ハイツの窓にも一つとして明かりはない。

しかし俺はあくまでも用心深く、足音を殺して階段を昇った。爪先《つまさき》立ちで三階の廊下を歩いた。蝶番《ちょうつがい》が悲鳴をあげないよう、ゆっくり、ゆっくり、それこそ一ミリ刻みで三〇三号室のドアを開け、閉めた。

カチリと音が鳴ってドアが完全に閉まった瞬間、全身から汗が噴き出した。同時に漏れ出た溜《た》め息が、異様な響きで室内にこだました。

靴を脱ぎながら左右の壁に電灯のスイッチを探した。が、すぐに手をひっこめた。電灯を点《つ》けてはいけない。俺はライターの火を頼りに奥へと進んだ。

襖《ふすま》を開けて六畳間に入ると、例の嫌な臭いが鼻をついた。心なし臭いがきつくなったような気がする。

俺は口で息をしながらライターを動かした。彼女に渡しておいた懐中電灯がどこかにあるはずだ。

あった。ベッドの上に転がっていた。ライターを消し、懐中電灯を点ける。

「ひいっ」

悲鳴のような、しゃっくりのような、何とも形容しがたい声が喉《のど》の奥を震わせた。

光の輪のまん中に死体の顔がぼーっと浮かんだのだ。物凄《ものすご》い形相だ。夕方見た時より物凄い――はずはないのだが、光のかげんで、とてつもなく恐ろしく見える。

俺は身震いした。膝《ひざ》も震えた。今までの大汗がどこかにひっこんだ。

だが、いつまでも怖がっているわけにはいかない。これは超リアルなお化け屋敷なんだと言い聞かせ、俺はカーペットの上に光を這《は》わせた。

メモだ。メモはどこだ?

六畳間には見あたらないようだったので、次にダイニングキッチンを捜索した。が、ここでも見つからなかった。

首をかしげながら六畳間へ戻る。四つん這《ば》いになって、いま一度、嘗《な》めるように光の輪を動かしてみる。

まさにその時だった。視界の隅に、何かしら異様なものを感じた。黒く大きな影が動いたような気がしたのだ。

はっとしてそちらへ顔を向けると、花柄のカーテンが人の形に膨らんでいて、深呼吸する時のような緩やかさで動いていた。

たっぷり三分間は、そのままの体勢で睨《にら》み合った。

「誰だ?」

俺はたまりかねて、鋭く尋ねた。返事はない。

間合いをはかり、俺は飛んだ。

四つん這いのまま、だっとカーテンに飛びつき、裾《すそ》をまくりあげてみると、なんのことはない、風のいたずらだった。窓が三センチほど開いていて、夜風がそこから忍びこんできていたのだ。

「脅かすなよ」

そうつぶやき、おや？　と思う。どうして窓が開いているのだ。

俺はそろそろと窓を開けた。首を突き出し、外を覗《のぞ》く。

窓の外はベランダになっていた。中天からふりそそぐ月明かりを受けて、シクラメンの鉢植えと洗濯機とが、おぼろに浮かびあがっている。

俺は窓を閉め、カーテンを引いた。

しかしどうして窓が開いている？　昨日からずっとなのか、それとも小宮山佐緒理が開けたのか、あるいは——。

いやいや、今はそれどころじゃない。ともかくメモを見つけるのが先決だ。

まだ探していないところといえば？

と足下に目をやって、俺はふたたび身震いした。

ええい、人形をさわるのにびくびくするなってえの。

俺は腰を落とすと、一生ぶんの勇気をふりしぼって死体に手をかけた。体一つ向こうへ押しやったのち、今まで死体の下敷きになっていた部分に光を当てた。

だが、メモはそこにも落ちていなかった。

来世から前借りした勇気を使って、もう一度死体に手をかける。スカートのポケットを探り、ブラウスの袖口《そでぐち》を覗き、握りしめられた指の一本一本をこじあけてみた。ない。

心臓がどきついてきた。

ベッドの脚のところに彼女の荷物が置いてあったので、それを検《あらた》めてみる。

デパートの紙袋には、ガルボ・ハットと、変装に使ったブラウス、ジャンパースカート、そして銀縁眼鏡が入っていた。それだけだ。

エルメスのハンドバッグには、ヴィトンの財布とキーホルダー、カルティエのライター、ヴァージニアスリムが一箱、化粧品を詰めこんだポーチ、ハンカチ、ポケットティッシュ。それから、先のキーホルダーとは別に裸の鍵《かぎ》が一本入っていた。たぶんこの部屋の鍵だろう。

財布はずいぶん軽かった。それもそのはず、三百二十円ぽっちの小銭と、婦人科と歯医者の診察券が各一枚入っているきりなのだ。

彼女の身分を考えると、常時十万や二十万持ち歩いてしかるべきだ。クレジットカードだって何枚も持っているはず。

犯人が盗《と》っていったに違いない。これは物盗り目あての犯行だ。

ええい、そんなことがわかってどうなる！　メモだ。メモはどこへいった⁉

俺は目を血走らせてベッドカバーをめくった。ごみ箱をひっくりかえした。スーパーの買物袋を検めた。風呂場《ふろば》とトイレも捜索した。冷蔵庫や靴箱、押入れやベランダの洗濯機の中にまで首をつっこんだ。

メモはどこにもなかった。

心臓の鼓動がますます激しくなった。百メートルを全力で駆け抜けたあとのように息苦しい。

落ちつけ。考えろ。

壁にもたれかかり、親指の腹をこめかみに押しつける。

彼女が焼き捨てた、ということはないだろうか？　しかしそれならそれで、ごみ箱かスーパーの袋の中に灰が残っているはずだ。

トイレに落としてしまい、そのまま流した？　そうであるならひと安心だが、ちょっと楽観的すぎやしないか。

彼女の胃の中か？　ほら、辞書を食べて英語をマスターするという話があるじゃないか。彼女はあの要領で憶《おぼ》えたはしから食べてしまった――ばかばかしい！

すると――？

結論にいきあたり、俺は息をのんだ。

殺人犯だ！　小宮山佐緒理を殺《や》ったやつが、あのメモを持ち去ったのだ。そうとしか考えられない。

だが、どうして？　どうしてあんなものを盗んでいったのだ。一円の価値もない紙きれを。

俺は死体の隣にへたりこんだ。頭の中がまっ白けになった。思考回路が凍結し、どうして、どうして、ばかりが耳の奥底に不協和音の旋律で響きわたった。

3

得体の知れない恐怖に怯《おび》えながら、俺はもう一度、二度、三度、部屋じゅう探しまわった。しかしメモは見つからず、そのうち空が白みはじめたので、ひとまず退却することにした。

忘れ物がないことを慎重に確かめたのち、エルメスのハンドバッグから裸の鍵を抜き取って外へ出た。予想どおりそれは、小宮山佐緒理が相馬留美から預かった鍵であり、それで玄関のドアを施錠することができた。

これでしばらくは安全だ。保険屋のおばちゃんや新聞勧誘のおっさんに部屋を覗かれる心配はない。もっとも部屋の主が戻ってきたら、こんなバリアーは用をなさないから、なんとしてでも今週中にメモを見つけ出さなければならない。

だが、どうやって？

車の中でも、事務所に戻ってからも、俺は考え続けた。考えてどうなる問題じゃないような気もしたけれど、とにかく考えた。

あの部屋の構造、彼女がとったであろう行動、メモが紛れていそうな場所——。

何の閃《ひらめ》きも得られず、絶望の重みだけが増して日が暮れた。

俺は駅の売店で夕刊をかたっぱしから買いこみ、テレビのニュース番組にかじりついた。

小宮山佐緒理の誘拐に関する報道は皆無だった。人質の安全を考えて報道を自粛しているのだろう。すでに息絶えているとも知らずに。

ＮＨＫの七時のニュースを最後に、俺はテレビを消した。

不幸の電話がかかってきたのは、その直後である。

警察か⁉

ベルが鳴った瞬間、頭の片隅を不安がよぎった。だが、こんなに早く手が回ることもあるまいと考え直し、そろそろと受話器をあげた。

「荏原代行サービスさん？」

声は低く、ぼそぼそした調子で、非常に聞き取りにくい。

「はい、そうですが」

「あんた、小宮山佐緒理という女を知ってるだろう？」

いきなりそう切りこまれ、俺の横隔膜が痙攣《けいれん》を起こした。

警察だったか！

取るんじゃなかったと後悔した。すぐさま切って、とんずらだ、とも思った。だが、目に見えぬ手で羽交絞《はがいじ》めされたかのように、受話器を置こうにも、手が言うことを聞かなかった。

「返事がないところをみると、知っているんだな。やはりあれはあんたの字だったか」

「何ですって？　よく聞こえませんでしたが。もう一度おっしゃってください」

俺はしゃっくりを殺しながら必死にとぼけた。

「あんた、小宮山佐緒理という女を誘拐したね？」

ちくしょう、なんてこった。鍵をかけてきたのに、もう死体が発見されたのか。異臭を感じた隣人が大家に報《しら》せたんだな。

「図星を指されてぐうの音も出ないか」

男は低く笑った。

「ゆ、誘拐ですって？　な、何のことです」

俺は追いつめられながらも、何か変だと思った。

警察は例のメモを頼りに電話してきたのだろうが、いったいあれをどこで手に入れたのだ。俺があれだけ探しても見つからなかったというのに。

「見苦しいまねはよせ。こっちは確かな証拠を握っているんだ」

答が出ないうちに男が言った。

「誤解しないでください。あのメモは私が書いたのでは――」

そこまで言って、俺は口に手を当てた。遅かった。勝ち誇ったような声が響く。

「語るに落ちたな」

後頭部をガツンとやられた感じだ。

「あのメモとは何だ？」

言い訳の言葉が見つからない。

「『人質の心得』のことだよな」

「け、刑事さん、待ってください。私は誘拐なんかしていません。狂言の片棒をかついだだけなんです。話せば長くなりますが、ええと、どこから説明しようか」

俺はとうとう観念して、罪を軽くする方向に走った。

突然、くぐもった笑いが響いた。

「ははっ、こいつは愉快だ。この俺が刑事かい」

俺はしばしあっけにとられたが、はっと気づいて怒鳴った。

「きさまか！　彼女を殺したのはきさまなんだな!?」

「そんなことはどうでもいいじゃないか」

「よくないっ！　きさまが殺したんだな!?　どうして殺した？　人の命をなんだと思っている。しかも女に、抵抗できない女に手をかけやがって」

「ふん。誘拐犯のくせして、よくもまあ偉そうな口をきけるな」

「う、うるさい」

「だいたい、彼女の自由を奪ったのはあんただろう。手足を紐《ひも》で縛りあげてさ。おかげで、こちらとしては都合がよかったけどな」

俺は言葉に詰まった。正確には彼女が「自縛」したのだが、根本的責任は俺にあるのだ。

「無駄話はこのくらいにしておいて、さて、あんたを誘拐犯と見込んで、ひとつ相談したいことがある」

男はあらたまった口調で言った。

「おい、ちょっと待て。さっきから、誘拐犯、誘拐犯って言ってるようだが、俺は誘拐なんかしてないぞ」

「ほう。そうかいそうかい」

「俺はな、彼女の頼みを聞いたまでだ。『私を誘拐して』と言ってきたのは彼女のほうなんだ」

「『私を誘拐して』だとぉ？　ばかな。そんなことを人に頼むやつがどこにいる。見えすいた嘘をつくな」

「現実にいたんだからしょうがないだろう」

「するとあんたは、彼女に命じられるがまま彼女の手足を縛りつけたのか。あのメモは彼女自身が書いたシナリオかい」

男の解釈は少々ずれていたが、訂正するのも面倒だったので、

「そうだ」

と答えた。

「なるほど。あんたにさほどの非はないってことか」

言われて、俺はどきりとした。嫌な予感がする。

「だったら、あのメモをしかるべきところへ持っていってもかまわないな」

目の裏に閃光《せんこう》が走り、それは電流となって全身をつらぬいた。

「早速警察に送るとしよう。邪魔して悪かった」

男は電話を切ろうとする。

「待て！　いま何て言った⁉」

俺は泡を食って止めた。

「メモを警察に送る」

「やめろ」

「どうして？」

「どうしてもだ」

「何を怯える。あんたは彼女の命令に従っただけなんだろう？　たいした罪にはならないと思うぜ」

「うるさい。どうでもいいからメモを持ってこい」

「はあ？」

「メモを返せと言ってるんだ」

「そんなに返してほしいか？」

ちくしょうめ。そういうことだったのか。やつは最初から、あのメモを盾に俺を脅すつもりだったのだ。ふと目にとまった紙きれに莫大《ばくだい》な価値を見出《みい》したからこそ、わざわざ盗っていったのだ。

俺は激怒し、自分の失策に歯がみしたが、ここは大人の会話で切り抜けるしかないと判

断して、

「いくら欲しいんだ?」

と単刀直入に尋ねた。

「いくらだ? 十万? 二十万?」

重ねて尋ねた。

「冗談はよせ」

男の反応は冷たかった。

「じゃあ……、五十万? 百万?」

百万も支払ったら借金生活に逆戻りだが、この際いたしかたない。

「なめるのもいいかげんにしろ。そんな端た金で手を打てるか。一億用意しろ」

俺は目を剝《む》いた。

「ははっ、嘘、嘘」

笑いがほとばしった。

「てめえ!」

俺は受話器に食らいついた。

「死体を棄ててこい」

男は笑いをおさめると、どすの利いた声で言った。俺は思わず咳《せ》きこんだ。

「俺の代わりに女の死体を処分するんだ。そうしたらメモを返してやる」

「ば、ばか言うな」

「殺《や》っちまったはいいけど、そのままにして逃げ出しちまったのが、どうにも気がかりでね」

「自分でどうにかしろ」

「そうしたいのはやまやまなんだが、あの部屋の前で足がすくんじまってねえ。どうしても中へ入っていけない」

それを聞き、あっと思った。昨晩の不思議が解けた。三〇三号室の窓を開けたのはこいつだったのだ。

昨日の深夜、やつは三〇三号室に戻ってきた。放置しておいた死体を処分するためにだ。ところが間の悪いことに、あとを追うようにして誰か——つまり俺——がやってきてしまったものだから、やつは窓を開け、ベランダへ逃げこみ、雨樋《あまどい》を伝って地上に降りた。やつは観念した。当然、闖入者《ちんにゅうしゃ》が一一〇番すると思った。が、不思議なことに、夜が明けても、午後になっても、誠和ハイツに警察がやってきた様子は見られない。やつは、そこで、三〇三号室を覗《のぞ》いてみることにした。すると玄関のドアが施錠されて開かない。

その状況から、やつははたと思いあたった。闖入者の正体は「人質の心得」の落とし主、つまり誘拐犯なのだ。だから死体を発見しても警察に届けなかった、届けられなかったのだ。

そして妙案が浮かぶ。ドアが開かないことには死体を運び出せないけれど、鍵を持っているのは誘拐犯であるから、メモを盾にそいつを脅せば自分の代わりに死体を処分してくれるはずだ——。

黙したままそんなことを考えていると、

「俺がこれほど頼んでも聞いてくれないのか？」

と男が言った。

「あたりまえだ。てめえのケツはてめえで拭《ふ》け」

「じゃあ仕方ない。例のメモを公開するとしよう」

「ま、待て。わかった。言うとおりにする」

脛《すね》に傷持つ身の悲しさだ。

「よしよし、お利口さんだ。よろしく頼んだぜ」

男は満足そうに言った。

「メモは？　メモはいつ返してくれる？」

俺は確認した。

「それはあんたしだいだ。今晩じゅうに処分すれば明日にでも返してやる」

「本当だな？」

「永久に発見されないような場所に棄ててくれよ。なんでも、人を殺したところで死体さえ発見されなければ殺人罪は成立しないというからな」

ワルだ。こいつは筋金入りのワルだ。俺なんかとうてい太刀打ちできない。

「いやあ、話せる友だちができて嬉《うれ》しいよ。メモを拾ったかいがあったというものだ」

そんな捨て台詞《ぜりふ》で電話は切れた。

俺は受話器を叩《たた》きつけた。悔しさに涙が湧いた。

お袋さんよ、あんたが言ってたことは正しかったぜ。

悪さをしたら罰が当たる。

まったくそのとおりだ。

4

俺は便利屋だ。頼まれれば何でもやる。

ペットのワニを預かったことも、ローリング・ストーンズのチケットを手に入れるために徹夜したことも、汲《く》み取り便所に落ちた入歯の救助作業をしたことだってある。それから、ほら、先日は狂言誘拐の片棒をかついでやった。普通の人間がおよそ一生かかっても体験できないことを、この三年のうちにやってきた。

しかし死体の処分なんて初体験だ。いったいどうすりゃいい。

水に沈めるか、土に埋めるか。

水の方が簡単な気がする。ダムか湖まで運んでいって、コンクリートブロックの二つ三つと一緒にドボン。手間はかからず体も汚れない。

だが待てよ。死体の腐敗が進行すると、体内のいたるところにガスが発生し、風船玉のように膨れあがるというじゃないか。だとすると、少々の重しと一緒に沈めたところで浮かびあがってきやしないだろうか。かといって完全なコンクリート詰めにしてしまうと、とても独りで運びきれない。

穴を掘って埋めよう。

俺は決断し、腕時計に目をやった。八時だった。

誠和ハイツの周辺は工場街で、夜ともなると人通りが極端に少なくなる。とはいえ行動を起こすにはまだ早すぎる。

俺は道路地図を広げた。どこへ埋めればいい？

誠和ハイツの出発を午前零時としよう。最近は日の出が早いので、活動できるのはせいぜい五時までだ。穴を掘って埋めるのに一時間はかかるだろうから、移動に使えるのは四時間。四時間でどこまで行ける？

ページをめくっているうちに「大菩薩嶺《だいぼさつれい》」という文字が目にとまった。

「大菩薩嶺……」

俺はつぶやき、セピアがかった記憶にアクセスした。

まだ学生のころだ。奥多摩《おくたま》有料道路をバイクで攻めにいった帰り、丹波《たば》渓谷から柳沢《やなぎさわ》峠まで足を延ばし、大菩薩嶺の麓《ふもと》のひなびた温泉宿に泊まったことがある。

人里離れたあそこなら死体を埋めるのにもってこいじゃないか。道も憶《おぼ》えている。あれから十年経つけれど、その間に一大ベッドタウンとして開発されたなんて、まさかね。

「よし」

俺は指を鳴らして立ちあがった。

毛布、キャップライト、軍手、シャベル――なんてったって便利屋だ、必要な道具はすべて事務所に揃っている。俺は妙なしあわせを感じながら、それらをかき集め、業務用の軽トラックで事務所を出発した。

ランチア・インテグラーレ？　あれには女しか乗せない。生きた女しか。

途中、ファミリーレストランに立ち寄った。食欲はまるでなかったけれど、先のことを考えると、無理してでも何か詰めこんでおいたほうがいい。

誠和ハイツ到着は十一時過ぎ。車は建物に横づけした。いくつかの窓には明かりが灯《とも》っていたが、三階はすべて闇である。

毛布二枚を胸の前に抱いて階段を昇る。用心深く、しかし素速い足取りで三〇三号室に達すると、昨晩くすねておいた鍵《かぎ》を使った。

実にうらめしい。用心深く施錠したばかりに、こうして死体の処分を押しつけられるはめになったのだ。

キイ、キイと甲高く軋《きし》るドアをなだめ、すかし、室内に滑りこむ。ライターを使って奥の部屋へ。

決して気のせいではなく、死臭がきつくなっていた。仏様の相好も少々変わっていた。

あの恐ろしい形相はあいかわらずだが、顔全体がふっくらと丸みを帯び、両頬には葉脈状の模様が無数に走っていた。腐敗ガスが出はじめたのだ。それによって体が膨れ、乾いたファウンデーションに亀裂《きれつ》が生じたのだ。

懐中電灯を拾いあげ、腕時計に光を当てる。十一時十分。今から作業をはじめればちょうどいいだろう。

微塵《みじん》の恐怖も気味悪さもなかった。しかし罪悪感に胸が痛んだ。

「ごめんよ。俺が悪かった」

そんなことを口の中で繰り返しながら、小宮山佐緒理の首からパンティーストッキングをはずしてやった。手足のいましめもほどいてやった。

それから彼女の体を二つ折りにして、毛布二枚でミノムシのようにくるみあげ、部屋に残してあった荷造り用のナイロン紐《ひも》を三ヵ所にかけた。

案外簡単な作業だった。まだ十一時半である。

俺は梱包《こんぽう》した死体を左肩にかつぎあげて玄関へ歩いた。人間は死ぬと重くなるというけれど、彼女は死んでも軽かった。

ドアスコープに目を押し当て、耳をそばだて、廊下の様子を窺《うかが》う。誰もいないようだった。

死体を肩に載せたまま、これまで以上の慎重さでドアを開け、廊下へ出た。静かにドアを閉め、歩きだす。

三〇二号室、三〇一号室、無事通過。階段に足を踏みだす。

その時だった。

派手なエンジン音が夜のしじまを切り裂いて、それは建物のすぐ近くで鳴りやんだ。

俺ははっと足を止めた。柱の陰に身を寄せて、手摺《てすり》越しに通りを覗《のぞ》いた。俺の軽トラの後ろに黒いトランザムが停まっていた。

まずい、と思った。

案の定、トランザムのドアが開いて、コンビニエンスストアの袋をさげた若い男が降りてきた。

トン、トン、トン――、とリズミカルな音が足下に響く。

首筋を汗が伝った。冗談抜きに、失禁しそうになった。

俺は全力で引き返した。廊下に足音が響こうが、蝶番《ちょうつがい》が悲鳴をあげようが、死体がドアに当たろうが、そんなことにはかまわず三〇三号室に逃げこみ、鍵をかけた。

死体を降ろす。息を止める。ドアスコープに目を押しつける。

誰もやってこなかった。どうやら別の階を訪ねたらしい。

俺はほっと息をついたが、念のため、廊下へ出て確認することにした。ドアスコープを使っても階段のあたりまで目が届かないのだ。

鍵を開け、静かにドアを押す。三十センチばかりの空間に首を突っこんで廊下の左右を見る。

右手の方で、カタンと音がした。ぎょっとして目をやると、三〇二号室のドアが、そろそろと動いているではないか！　先ほどのドタバタ劇を訝《いぶか》ったのか⁉

俺は泡を食って首を引っこめた。ドアを閉め、鍵をかける。チェーンもかけた。

とたんに、膝《ひざ》がカタカタ笑いだした。両手の指も小刻みに震えている。置き去りにしてきた恐怖が蘇《よみがえ》ったのだ。

あまりの恐怖に、ドアスコープを覗くことさえできなかった。死体搬出に再挑戦するなど論外である。

車にたどり着くまでに別の誰かに出くわすかもしれない。いや、絶対に鉢合わせになる！

だが、いつまでもこうしているわけにはいかないぞ。早いとこ棄てにいかなければ。

でも、またじゃまが入ったらどうしよう。

だが――。

でも――。

頭の中で二つの意識がせめぎあった。そして矛盾の海を漂流するうちに、俺の正常な神経は蝕《むしば》まれた。

死体をバラそう。バラバラにしてボストンバッグにでも詰めこんでしまえば、たとえ誰かと出くわしても怪しまれることはない。それが最善の方法だ。

狂気に支配されると、手足の震えはぴたりとおさまった。

俺は死体を風呂場へ運び入れた。風呂場に窓はなく、電灯を点けても外へ漏れる心配はなかった。

梱包を解き、窮屈そうに折れ曲がった死体をタイルの床に転がす。

そして台所から庖丁《ほうちょう》を持ち出した。

死体を見降ろし、嘗《な》めるように目を動かす。張りつめたふくらはぎが目にとまった。

ためらいはなかった。

俺はどっかと胡坐《あぐら》をかくと、左手で死体の左足首を摑《つか》み、右手の庖丁を左膝の裏側に垂直に押しあてた。

ゴリッ。

鈍い音がした。腱か軟骨が切れたのだろう。

刃の角度を九十度変え、下肢の骨に沿って庖丁を動かす。黒い血が、どろどろと力なく流れ出る。

実に切れのいい庖丁だった。よく研いであるらしく、何の抵抗もなく切り進めることができた。まるで魚を三枚におろしているような感覚だ。

ゴリッ。

ふたたび鈍い音がした。アキレス腱《けん》を切断したのだ。

これで左のふくらはぎが綺麗《きれい》に削げ落ちた。形といい、色といい、鮮度の落ちたカツオの腹身のようだ。

ひと息入れる間もなく次の作業に取りかかった。切り落とした肉をみじん切りにして下水に流すのだ。

いま切り取ったふくらはぎだけでなく、体じゅうの肉を、内臓を切り刻み、下水に流してしまえば、残るは骨だけとなり、バッグに詰めての持ち運びが可能となる。

しかし肉のみじん切りはひどく骨の折れる作業だった。肉がぬるぬる滑って、思ったように庖丁が通らないのだ。ふくらはぎの一つをミンチにするだけで小一時間もかかってしまった。

俺は汗だくだった。そして汗とともに狂気が流れ出た。

こんな作業を続けて何になる。すっかり解体してしまうのに三日も四日もかかるじゃないか。

ああ、なんてこった。ばか野郎だ。俺はとんでもない大ばか野郎だ。貴重な時間を無駄に潰《つぶ》して、神聖な体をおもちゃみたいに弄《もてあそ》んで。あの世で小宮山佐緒理と再会した時、何と言って詫《わ》びればいい。

俺ははっと目を落とした。俺の両手がどす黒い血にまみれていた。排水口の縁には流れそこなった肉片がこびりついている。

鳥肌が全身に広がった。手足の震えが戻ってきた。

俺は水道の蛇口をひねり、皮がすり剝《む》けるほど手を洗った。

吐き気、めまい、さむけ、耳鳴り、ふるえ、吐き気、めまい、さむけ、耳鳴り、ふるえ、吐き気、めまい、さむけ、耳鳴り、ふるえ——。

今日はもうだめだ。大菩薩嶺までドライブする力は残されていない。

死体を風呂場に残したまま、俺はひとまず事務所に戻った。

5

明けて六月二十七日。

目覚めるともう、陽は西にあった。

無我夢中で事務所に帰り着き、ソファーに横たわった時には、どうして俺がこんな目に遭わなきゃならないんだ、いっそ自首してしまおうかと苦しみ悶《もだ》えたのだが、さて目が覚めてみると、不思議と心がどっしり落ちついていて、昨夜の失策を返上してやろうという意欲も充分にあった。

昨晩はどうかしていた。アクシデントが弱気の虫を生み、弱気の虫が正常な神経を食らいつくし、あのような異常行動に走らせたのだろうが、それにしても愚かだった。やはり当初の考えどおり、大菩薩嶺の麓《ふもと》あたりに遺棄しよう。

俺は、やる！

これは決して殺人犯の尻《しり》ぬぐいなんかじゃない。俺の平和を守るために、自ら率先して行なうのだ。

完全に陽が落ちるのを待って、俺は事務所を出た。昨夜と同じようにファミリーレストランで食事をとり、相棒にもガソリンを腹一杯食わせてから誠和ハイツへ行った。日課としてやってきたことなので、足音の殺し方もドアの開閉も完璧《かんぺき》だ。俺は空気のような素速さ、自然さで、三〇三号室に侵入した。

風呂場は、当然のことながら、酸鼻をきわめていた。左足のふくらはぎが欠落した死体に胸が痛む。が——。

俺は、やる！

足踏みする心に鞭《むち》打って、二枚の毛布で死体をくるみあげる。

梱包《こんぽう》を終えて時計を見る。まだ十時半にもなっていなかった。しかし俺は死体をかついで三〇三号室を出た。

すべては運じゃないか。運がよければ白昼堂々運び出したって誰にも見とがめられない。運が悪ければ午前二時を回って行動を起こしてもお巡りと鉢合わせになる。

ネガティブに考えるからいけないのだ。死体を裸で運ぼうっていうんじゃない。誰かとばったり出くわしたら、毛布の中身はガラスの置物ですよ、それがどうかしましたか、と胸を張ってすれ違えばいい。おたおたしなければ不審そうに顔を覗かれることもないのだ。

強気のオーラを発散させて歩いた結果、俺は誰と出会うこともなく階下に達した。軽トラの幌《ほろ》を開け、「ガラスの置物」を荷台の奥まで押しこむ。

幌を閉じ、きっちりと紐《ひも》をかけたのち、三〇三号室へ取って返す。部屋の主に怪しまれないよう、きちんと片づけておかねばならない。

　まずは風呂場に手をつけることにした。やっかいで嫌なことを最初にすませると、あとが楽になる。

　あらかじめ用意しておいたクレンザーとたわしを使って、黒褐色に汚れたタイルを磨く。庖丁の汚れも入念に落とし、流しの下に戻した。

　第二の作業は消臭だ。風呂場、ダイニングキッチン、六畳間と、消臭剤をふんだんに撒《ま》いてまわる。よくある芳香剤ではない。あんな匂いのきついのを撒き散らしたら、かえって怪しまれる。俺が持ってきたのは、多機能吸着剤を使用した無臭の消臭剤だ。

　血痕《けっこん》、死臭とくれば、次は指紋だろう。俺がさわったところ、小宮山佐緒理がさわったであろうところを、ガーゼのハンカチを使って丁寧に拭《ふ》き清めた。なにもそこまで、とも思ったが、この先どういう展開になるかわかったものじゃない。

　以上の作業を終えた俺は、荷物を玄関に集めはじめた。

　たわし、クレンザー、消臭スプレー、懐中電灯、荷造り用の紐、その切れ端、スーパーの買物袋、食べ残しのサンドイッチ、ハンドバッグ、デパートの紙袋、凶器となったパンティーストッキング。

　俺たちが持ちこんだのはこれだけだったよな。おっと、いけない。彼女の靴を忘れるところだった。

　二度、三度と確認を取り、忘れ物も、やり残したこともないと判断したところで、すべての荷物をビニールのごみ袋につっこみ、三〇三号室を出た。ドアを施錠して階段を降りる。

荷物を死体の横に転がして運転席に座ると、思わず煙草に手が伸びた。最大の難所は越えた。あとは事故でも起こさないかぎりだいじょうぶだ。

俺は、しかし、賢者の戒めを思い出し、煙草の火を落とした。

百里を行く者は九十里を半ばとす。

俺は車を発進させた。誠和ハイツの建物がルームミラーの中で小さくなっていく。

「こんなとこ、金輪際《こんりんざい》来るもんか」

俺は憎々しく吐き捨てた。

十一時を回っても東京の道路に光の帯が絶えることはない。しかし流れはスムーズで、中仙道《なかせんどう》、環七を経て、十二時前には高速に乗ることができた。

俺は決して煙草をくわえず、ラジオもつけず、安全運転を心がけた。いま一番恐ろしいのは交通事故だ。事故ったら最後、警察が登場してしまう。

八十キロをキープして一時間ちょっと走り、勝沼で中央道を降りた。塩山方面に針路をとる。高速の上はトラックのラッシュアワーだったが、一般道に降りてしまうと思い出したようにしか車とすれ違わない。

塩山駅を右手に中央本線の線路を越え、まっすぐ北東へ走る。徐々に勾配《こうばい》とカーブがきつくなり、それにつれて人家の影もまばらになっていく。前からやってくる車も、後ろをついてくる車もない。

やがてヘッドライトの輪の中に「裂石温泉《さけいし》」という看板が浮かびあがった。甲斐《かい》の国のあちこちに残る武田信玄の隠し湯の一つで、俺が学生時代泊まったところでもある。

俺はアクセルを緩め、左右に気を配りながら車を進めた。

先の看板を過ぎて五分ほど走ると、右手に脇道があった。俺はためらうことなくハンドルを切った。車一台がやっとの未舗装道路だった。おそらく林道なのだろう。どこまで行っても左右は闇だった。

林道を十五分ほど走って車を停めた。ヘッドライトを消し、窓から顔を突き出す。何も見えなかった。月も星もない。

エンジンを切る。ただ、木々のざわめきだけが残った。

軍手をはめ、キャップライトを装着し、車を降りる。光を左右に動かす。

左の緩斜面は杉林。右側は平地で、背の高い雑草が一面に生い茂っている。放棄された農地だろうか。俺は迷わず右を選び、シャベル片手に踏みこんだ。

はたから見ただけではわからなかったが、こうやって実際に分け入ってみると、雑草地帯のところどころには、円形脱毛症のように土が露出している部分があった。

道から二十メートルばかりひっこんだところにも半径一メートルくらいの禿《は》げた土地があった。靴の踵《かかと》をぐいと押しつけると柔らかな感触があった。シャベルを垂直に打ちおろすと、そのまま地面に突き刺さった。ここでいいだろう。

スコップを地面に突き立てたまま、俺は車に戻った。荷台の奥から毛布の塊をひきずり出し、肩にかついだ。

キイッ。

不意に、近くの闇で甲高い音が鳴った。俺はびっくりして腰がくだけた。死体と抱き合う恰好《かっこう》で地面にうずくまった。背中が小刻みに震えた。

一分、二分――。音はそれきりだった。おそるおそる顔をあげてキャップライトの明かりをぐるりと動かしたが、何も見えなかった。

鳥が鳴いたのだろう。そうさ、鳥の鳴き声に決まっている。

俺は、やる！

ネガティブに傾きかけた心を叱咤《しった》して、俺は立ちあがった。雑草をかき分けかき分け、スコップを残したところまでたどり着くと、毛布の包みを肩から降ろして、さていよいよ穴掘りにとりかかった。

土は柔らかく、俺も体力には自信があったので、穴掘りそのものはさして苦にならなかったけれど、虫が多いのには閉口した。虫どもはキャップライトの光が目当てらしいのだが、ただ集まってくるだけでなく、しばしば俺の鼻や口の中に飛びこんでくるものだからたまらない。そのたびに作業を中断しなければならなかった。

二十分ばかり汗をかくと、穴は腰ほどの深さに達した。縦横はそれぞれ一メートル弱ぐらいか。

俺は穴を這《は》い出してシャベルを置いた。毛布の包みに向かい、紐を解く。弱々しい光の中に、巨大なエビのようなものが、ぼうっと浮かびあがる。罪の意識を新たにする。だが、今さら悔いたところで、詫《わ》びたところで、小宮山佐緒理は息を吹き返してくれないのだ。

俺は、やる！

溶けかけた良心を再凍結させ、死体が着けているスカートに手をかけた。スカート、ブラウス、ランジェリー、と順に剝《は》ぎ取っていき、両耳のピアスもはずした。本能的に、身元を示すような物は一緒に埋めないほうがいいと思ったのだ。

ところが、死んで体がむくんだとみえて、左の薬指にはまった結婚指環《ゆびわ》がどうしてもはずれない。半時間ばかりがんばったけれど、リングは指の根元に堅く食いこんだまま少しも動いてくれず、また、指を切断できるような道具も持ち合わせていなかったので、俺はやむなくあきらめ、埋葬作業へと移った。

死体を二つ折りの状態で持ちあげ、そっと穴の底に横たえる。シャベルを取りあげ、周りの土を落としていく。穴が半ば埋まったところで踏み固め、ふたたび土を放り入れる。完全に埋まったところでもう一度踏み固め、残った土は四方の闇にばらまいた。

それから、死体から脱がせた服を毛布でくるみ、ピアスをポケットにねじこみ、忘れ物、落とし物が何一つないことを確かめたのち、シャベルをかついで車へ戻った。

三時半だった。空はまだ黒一色だ。こんなに早く終わっていいのだろうかと不安になる一方、強気で攻めればこんなものさ、とも思う。

一服つけ、俺はエンジンをかけた。雑草地帯に頭を突っこんで方向転換し、来た道を引き返す。九十里まで到達した安堵《あんど》からか、猛烈な眠気が襲ってきた。

だが、ひと休みは許されなかった。まだ十里の道のりが残っているのだ。チェーンスモークとフル・ボリュームのFENで、俺は睡魔と闘った。

ガソリン補給のために中央道の談合坂《だんごうざか》サービスエリアに立ち寄ったが、それ以外はノンストップで走り、五時過ぎにはもう高井戸《たかいど》インターを降りて世田谷《せたがや》区内を走っていた。残る十里は証拠の湮滅《いんめつ》作業である。

桜上水《さくらじょうすい》団地のごみ捨て場を皮切りに、東経堂《ひがしきょうどう》団地、西経堂団地、と南に下っていって、彼女の所持品を捨ててまわった。エルメスのハンドバッグも、ヴィトンの財布とキーホルダーも、カルティエのライターも。ただし、二枚の診察券は事務所で灰にすることにした。ああそれから、ピアスもポケットに残した。大粒のダイヤモンド、処分すれば結構な金になる。むろん、ほとぼりが冷めるまでは寝かせておくけれど。

俺の百里行はこうして終わった。

夢のような半日だった。いや、小宮山佐緒理と出会ってからずっと夢を見続けていたような気がする。

翌日、差出人不明の封書で「人質の心得」が届いた。俺はそれを焼き捨てると、現実を取り戻すために後楽園の黄色いビルへ足を運んだ。

犯人

私は暗闇の中で膝《ひざ》を抱えて座っていた。もうどれほどの時が流れただろう。そしていつまでこうやっているのだろうか。

私は声を出さずに歌を歌った。永遠に続くとも思われるこの時間を、そして両手に染みついた罪の感触を忘れるために、ありとあらゆるメロディーを記憶の襞《ひだ》から取り出しては、口の中で転がした。

やがて歌が尽き、ふと気づくと外が明るくなっていたが、私はやはり膝を抱えてうずくまっていた。空腹感はなかったが、朝が終わり昼になると、断続的に、意志の彼方から睡魔が襲来して、私はその圧倒的な力になすすべなく翻弄《ほんろう》された。

まどろみは私に見せるのだ。醜くゆがんだ女の顔を、怨念《おんねん》のこもった双眸《そうぼう》を、絶望に震える唇を、断末魔の叫びを。それらが瞼《まぶた》の裏側で陽炎《かげろう》のようにゆらめいては消え、私は、決して夢ではない殺人の映像と孤独な現実との間を幾度となく往復した。

日暮れどき、電話の呼び出し音を聞いた。それは隣の部屋で鳴ったものなのだが、極度に緊張していた私の耳には、その微弱な電子音が異常な大きさで届き、私を反射的に立ちあがらせた。

ベルは、三回鳴って切れたかと思うと、すぐにまた三回鳴って切れた。

それからしばらく経って、「あっ」という短い叫びと、どすんという鈍い音を聞いた。激しく嘔吐《おうと》する音も。

私の心臓が早鐘を打ち、それは非常ベルの響きをもって私に警告した。

なんだって、こんなところでじっとしているのだ。すぐに逃げなければ、じきに警察がやってくるぞ。

だが私は逃げ出さなかった。逃げ出せなかった。

私は、ともすれば遠のきそうになる意識を必死になって引き戻し、息をひそめ、壁に耳を当てて、隣室の動きを追いかけた。

追跡

1

波瀾《はらん》万丈の夢から覚め、俺の生活は元に戻った。
仔犬《こいぬ》の里親を探してくれだの、葉ダニを駆除してくれだのといった平凡な依頼に汗水流して、暇な時には――あいかわらず暇なことが多かったけれど――時代小説を読み耽《ふけ》って、夜はイタリアンレッドのインテグラーレを駆って、週末は中央競馬会に多額の献金を上納して。

ただ、二つばかり変化があった。サラ金やクレジット会社からの督促状が絶えたことと、万馬券狙いから本命党に再度乗り換えたことと。

一連の出来事は決して振り返らなかった。狂言誘拐、身代金詐欺、小宮山佐緒理の死、死体の処理――あの濃密な五日間は忘れようにも忘れられなかったけれど、だからといってそこに女々しい感情を持ちこんだり、あれこれ検証したりはしなかった。

俺は忘れる能力に長《た》けている。予備校の三年間も、会社の倒産も、婚約者を失ったことも、みんな忘れた。それらはたんに記録として俺の中に残っているにすぎない。受験生が「太平洋戦争」の文字を記号として認識しているのと一緒だ。ごまんとある過去の不幸をいつまでもひきずっていたら、俺はとうの昔に精神病で逝《い》っちまってる。

そんなわけで、わが人生最大の冒険が終わってしばらくは、語る価値もないほど平穏で退屈な生活を送っていたのだが、七月七日の特別レースで三連勝を飾り、こりゃあ競馬のほうでも運が向いてきたぞよしよし、と焼肉に舌鼓を打っている最中、颱風《たいふう》一過の青空のように澄みわたっていた俺の心の片隅に、突如として黒雲が湧き起こり、それはみるみる体全体に広がっていった。

一年ぶりの骨つきカルビは涙が出るほどうまいけれど、今の俺はこんなことにしあわせを感じていていいのだろうか？

いいんだよ。以前にも確認しただろう。俺と小宮山夫妻は赤の他人だし、俺は一連の計画を用心深く遂行した。また、唯一の憂いだった「人質の心得」もどうにか取り戻したんだぜ。警察の影に怯《おび》えることはないって。たとえ誘拐事件の報道が始まり、世の中がそれ一色で染まったとしてもね。

だが、よく考えてみろ。たしかに「人質の心得」は約束どおり返ってきたけれど、その内容は、つまり俺が狂言誘拐に荷担したことは、小宮山佐緒理を殺した男の頭の中にしっかりと焼きつけられているんだぞ。

「人質の心得」を盾に俺を脅し、死体の処分をさせたことで、やつはすべてを忘れてくれるだろうか？　それはちょいと甘くはないかい？　やつは紳士じゃないんだぞ。握った弱みは一生放さず、相手が骨になるまでしゃぶりつくす。それが悪党の常じゃないか。

とすると、俺も今後一生、やつのパトロンなのか⁉　やつが望むがままに金を貢いだり、やばい仕事に手を染めたり――。

ああ、なんてこった。メモが返ってきたからといって、のんびりと暮らしてちゃいけなかったのだ。

さらに、こうも考えられるぞ。これまた悪党の常として、やつは今後も押し込みを重ねると予測されるが、ある時とんだへまをしでかしてお縄を頂戴《ちょうだい》するはめになったらどうなる？

やつは余罪を追及される。誠和ハイツ三〇三号室への押し込みも白状する。小宮山佐緒理を殺したのは自分だが誘拐はしていないと主張する。そして俺の存在を明かす！

ちくしょう。こいつは早いとこ手を打たなければ俺の人生はおしまいだ。

手を打つ？　どんな？

決まってるじゃないか。俺と殺人犯とを結んでいる糸を切断してしまうのだ。警察がやつを捕まえる前に、俺がやつを見つけだし、口を封じる。

「殺す……」

何気なく出たつぶやきに、俺は身震いした。自分に人殺しができるのか？　生まれてこのかた、ただの一度も人を殴ったことのないこの俺に。

それに、勇気をふるってナイフを握ったとしても、それをぶつける相手がわからない。俺と殺人犯のつながりは一方的なのだ。やつは俺の正体を知っているけれど、俺はやつの影すら摑《つか》めていない。

だめだ。殺したくても殺せない。

けれど、やつの口を封じないことには臭い飯を食わされる。運が良くても死ぬまでやつの下僕だ。

俺は出口のない迷路をさまよった。だが、暗闇の壁と壁の間を行きつ戻りつしながらも、手さぐりで出口を求めた。

犯人を捜し出す手がかりがどこかに転がっていないか？　どんなに細い糸でもいい。とっかかりさえ見つかれば、切れないように切れないように、たぐっていく。

電話の声を思い出す。

妙な低さを持った、そう、なんだか喉《のど》に蓋《ふた》をしてしゃべっているような感じだった。意識して声を作っていたのかもしれない。そして訛《なま》りはなく、鼻濁音が綺麗《きれい》で、耳慣れぬ専門用語の類《たぐ》いは使っていなかった。これでは手がかりにならないか。

「人質の心得」の返送に使われた封筒を見る。

長形四号の白封筒に六十二円の通常切手、消印は「渋谷　91・6・28・8―12」、宛名はワープロで印字され、差出人の名前はない。警察ならともかく、俺の力では分析のしようがない。

現場に何か落ちていなかったか？

玄関、ダイニングキッチン、六畳の和室、トイレ、風呂場《ふろば》——目を閉じて考えるが、不審な映像は浮かんでこない。当然といえば当然か。メモを見つけだそうと血眼になっていた俺だ。目を惹《ひ》くようなものが転がっていたなら、あの場で手にしたはずである。

すべての道が行き止まりであると知り、俺は自失した。

このまま手をこまぬいて、刑事の靴音に怯える毎日を送るしかないのか。それだったらいっそ、今すぐ自首して、罪を少しでも軽くしてもらおうかしら。

ちょっと待て！

何か聞こえるぞ。風だ。微弱な風が吹いている。耳をそばだてろ。肌を磨け。風の流れをたどっていけば必ず外へ出られる。

俺は体じゅうの血を大脳に集め、死体発見時の状況をいま一度思い返してみた。

六月二十五日午後五時、西台駅から合図を送る。十分後、誠和ハイツ到着。さらに五分後、三〇三号室への侵入完了。階段、廊下では誰とも顔を合わせていない。三〇三号室に入ってすぐ、声をかけた。返事はなかった。再度声をかけた。返事がない。みたび声をかけながら襖《ふすま》を開けるとそこには、小宮山佐緒理の死体があった。首にはパンティーストッキングが巻きつけられていて、手足にも荷造り用の紐《ひも》が——。

ここまでたどっていったところで、俺は妙なものを感じた。

殺人犯はどうやって三〇三号室に侵入したのだろう？

俺は小宮山佐緒理に、玄関はロックしておけ、チャイムが鳴っても応答するな、と厳命しておいたのだ。

彼女が俺のいいつけを無視した？

違う。死体の状況が物語っているじゃないか。彼女は体の自由が利かなかったのである。俺の命令に従って手足を紐で縛っていたのだ。手足をいましめた人間が、どうして玄関まで出ていける。鍵《かぎ》を開けられる。

では――、俺が西台駅から電話をかけた時点では彼女はまだ生きていて、合図を受けて手足のいましめをはずし、鍵を開け、ふたたび手足を縛って俺の帰りを待った。ところが俺が帰りつく前に殺人犯がやってきた。

いや、これもおかしい。俺は合図を送った十五分後にはもう三〇三号室に帰りついていた。そのわずか十五分の間隙《かんげき》を縫って殺人が行なわれたというのか？　時間的には可能かもしれない。しかし俺が戻る直前に殺されたにしては、死体にぬくもりがなかった。鼻血も黒く乾いていた。

このように、小宮山佐緒理が玄関の鍵を開けたとは考えられない。では誰が開けた？　犯人だ。どうやって？　こじ開けたような形跡はなかったぞ。キーを使った？

犯人が鍵を持っていただと⁉

連想がそこにいたった時、俺は妙な胸苦しさを覚えた。

犯人は誠和ハイツ三〇三号室のキーを持っていた。なぜ持っていた？

ほとんど瞬間的に三つのケースが思い浮かんだ。

一つ。犯人は三〇三号室の正式な住人である。彼女、相馬留美ならキーを持っていて当然だ。

二つ目。犯人は三〇三号室の元住人である。引越す前に作っておいた合鍵を使って空巣狙いに入ったのだが、誰もいないと思っていた部屋に女がいたので、これはまずいと首を絞めた。

三つ目。犯人は相馬留美の恋人、あるいはかつて親しい関係にあった男である。そういう間柄であるなら合鍵を持っていても不思議じゃない。

そして俺は最後のケースに強く惹《ひ》かれたのだが、同時に、いくつかの疑問も感じた。
一、犯人が相馬留美の恋人であるなら、彼は当然、彼女がアメリカに行っていると知っていたはずなのだが、では何を目的として彼女不在の三〇三号室を訪ねたのか？
一、なぜ小宮山佐緒理を殺さなければならなかったのか？　金目のものを奪っていったのは強盗のしわざに見せかけるため？
一、キーを持っている犯人がなぜ、俺が施錠してしまったドアを開けられず、死体の処分を俺に押しつけてきたのだ？　あれはただ、自分で運び出す危険を回避したいがための脅迫だったのか。
一、――。
深く考えれば考えるほど、疑問は泉のように湧き出てくるけれど、しかしそれらはひとまず棚あげだ。ともかくも外へ出よう。動かないことには何もはじまらないのだ。

2

七月八日月曜日。

躊躇《ちゅうちょ》はあった。しかし俺は、必死に引き止めてくるもう一人の自分を殴り倒して、煙るような雨の中、殺人への第一歩を踏みだした。

誠和ハイツに着いたのは午後六時半である。二度と来るまいと誓った場所をこんな形で再訪しようとは思ってもみなかった。

俺は足音を忍ばせて階段を昇った。今日は死体を運び出しにきたわけではないので、そう神経質にならなくていいのだが、つい条件反射的にそうなってしまう。

三階には五世帯が入っていて、階段脇の三〇一号室と奥から二番目の三〇四号室に明かりが漏れていた。相馬留美の三〇三号室は、暗い。

俺は黒縁の伊達《だて》眼鏡をかけ、つけ髭《ひげ》が落ちていないことを確認すると、まず三〇一号室のチャイムを鳴らした。

数秒待っても応答がなかったので、俺はもう一度ボタンを押し、ついでに名前を呼ぼうかと表札を見たところ、表札は出ていなかった。いたずらや押し売りを避けるためにそうしているのだろう。

二度、三度、四度と、続けざまにチャイムを鳴らす。

「うるさいわねえ」

明らかに不機嫌そうな女の声がした。

「夜分おそれいります。エース調査センターの山岸《やまぎし》と申します」

俺は営業口調ででたらめを言った。

「アンケートならお断りよ」

女はドアを開けようとしない。

「いえ、アンケートではございません。三〇三号室の相馬さんのことで二、三お伺いしたいことがありまして」

「またにしてちょうだいよ。夕飯のしたくで忙しいのよ」

「お時間は取らせません。そうそう、こちらをどうぞ」

言って、俺はドアの新聞受けに封筒を差し入れた。中には三千円入っている。

効果は覿面《てきめん》だった。ドアが開き、もじゃもじゃ頭の女が顔を覗かせた。薄汚れた灰色の猫も、ちょこんと顔を突き出した。

女は五十がらみで、痩《や》せた体をワンピースに包んでいた。毒々しい花がプリントされた簡単服だ。緩んだ襟元から、しなびた乳房を惜しげもなく覗かせている。

「あんたも、やる？」

女は、手にした缶ビールを振ってみせた。

「仕事中ですので」

俺は断り、早速用件を切り出した。

「三〇三号室の相馬さんとは、よくつきあわれていますか?」

「つきあいってほどのつきあいはないわ。廊下で会ったら挨拶《あいさつ》するくらいで」

「三〇三号室によく訪ねてくる人はいませんか?」

「さあねえ。彼女の部屋は隣の隣だから声も聞こえないし」

「思い出してください。最近は見かけないけれど、以前はよく遊びにきていた、そんな男性がいたでしょう?」

俺は重ねて尋ねた。この質問に俺の首がかかっているのだ。しかし女はのんきなもので、

「へー、あの人結婚するの。あんた、婚約者の親御さんに頼まれたんだ」

わが意を得たりといった感じで手を打った。そして、ぺらぺらしゃべりだす。

「彼女は礼儀正しいお嬢さんよ。挨拶はきちんとできるし、いつだったか宅配便を預かってあげた時には、あとで果物を持ってきてくれたし。そんなに気をつかわなくてもいいのにねえ。ご両親によくしつけられたのね。ねえ、聞いてちょうだいよ。彼女だけなの、この階でまともなのは。ほかの三人は気味悪いったらありゃしないんだから。隣は、いつだってまっ暗で、しーんとしていて、生きてるんだか死んでるんだかわからないでしょう。三〇四号室は若い男なんだけど、それが男のくせに髪を背中まで伸ばして、ちゃらちゃらしたものを耳にぶらさげて。それから一番奥、あそこの男もいかれてる。夏も冬も半袖《はんそで》半

ズボンで、毎日毎日、パチンコよ」

なぜ、そいつが毎日パチンコ屋に通っていると知っているんだ。おばさん、あんたも普通じゃないぜ。

「ここの廊下や階段を男性と一緒に歩いていたことはありませんでした？」

いつはてるともわからぬ饒舌《じょうぜつ》をさえぎり、俺は話を戻した。

「ないない。心配いらないって。男の出入りはいっさいありませんでした。向こうの親御さんにはそう伝えときな」

女は俺の肩をどんと叩《たた》き、缶ビールをぐいっとやった。こんなことなら三千円も包むんじゃなかったと後悔する。

「よう。俺、見たぜ」

その時、しわがれた声が奥のほうから聞こえた。

「あんた、でたらめ言わないの！」

女は首をひっこめて怒鳴った。

「でたらめじゃねえよ」

そう言って現われたのは、俺よりちょい歳上のやくざ者だった。俺もやくざな暮らしをしているけれど、そいつは正真正銘やくざしていた。髪はパンチで、襟幅の異常に広いカラーシャツを肩にひっかけ、下は浮世絵柄のトランクス一丁だ。

「俺、見たぜ。一度きりだけどな」

「本当ですか？」

俺は興奮した。

「ああ。駅前の八百屋で、おててつないで買物してた。うらやましいぜ、あんなべっぴんがメシを作ってくれるなんて」

「悪かったわね」

女が鼻を鳴らした。

「どんな男でした？」

その男、要チェックだ。彼女の手料理にありつけるほどの仲であるなら、合鍵《あいかぎ》をもらっていても不思議じゃない。

やくざ者は少し思案してから、

「堅気だよ。サラリーマンだね、ありゃ」

と答えた。

「歳は？」

男はまたも少し考えて、

「三十いくつってとこかねえ。そう、あんたくらいだよ」

「顔は？」

「憶《おぼ》えてねえなあ。見たの、もうずいぶん前だしな」

今度はめんどくさそうに答えた。

「体つきは？」

「知らねえ」

「そんなはずはありません。あなたは先ほど、男は三十代とおっしゃいましたが、それはどうしてです？　あなたの記憶の中に男の顔や体つきが刻みこまれていたからこそ、三十代という答をはじきだせたんじゃありませんか。よく考えれば、顔だって背恰好《せかっこう》だって、必ず思い出せます」

「あー、うるせー！　何ごちゃごちゃ言ってんだよ。憶えてないものは憶えてないんだって」

男は眉間《みけん》に皺《しわ》を寄せ、剃刀《かみそり》のような目つきで俺を睨《にら》みつけてきた。

「まあまあ。その男が誰だっていいじゃない。若い子だもの、男友だちの二人や三人いるわよ。男っけが全然ないほうが、よっぽど変だわ」

とりなすように女が言った。俺は追及を断念した。

「お忙しいところ、どうもありがとうございました」

と頭をさげる。

「あがってかない？　一杯飲んでいきなさいよ」

三千円の礼のつもりか、女はそう言って、ドアを大きく開けた。蚕豆《そらまめ》の香りが鼻をくすぐった。ビールも蚕豆も大好きだし、こういうおばさんとばか話するのも嫌いじゃない。得体の知れないカップルの関係を探ってみたいとも思う。しかし俺は、いま自分が置かれた状況を考え、ぐっとこらえた。

「私がこうしてやってきたことは、相馬さんには内密にお願いします」

続いて三〇四号室を訪ねた。この部屋にも表札が出ていない。都市生活者はどうも警戒心が強くていけない。

三千円に釣られて出てきたのは二十歳前後の男で、片方の耳にピアスの穴をあけ、背中まで伸ばした髪を赤い輪ゴムでくくっていたけれど、三〇一号室のおばさんが言うほど変には見えなかった。むしろその顔つきからは非常にまじめな印象を受けた。

先ほどと同じように興信所の人間を装って質問すると、

「たまあに男の人が来ますね」

との答が返ってきた。

「どんな人です？」

期待をこめて尋ねる。

「いや、見たことはないんです。話し声を聞いただけで」

がっくり肩を落とす。

「ただね」

男はぽつりと言って、ためらうように視線を落とした。

「顔は見たことないけど、正体はわかってます」

俺は元気を取り戻した。

「隣の男です」

「隣？」

「隣っていっても、僕じゃないですよ。あっち」

男はドアの隙間から首を突き出し、廊下の右のほうを顎《あご》でしゃくった。

「三〇二号室？」

「ええ。彼女が入っていくところを見たことがあります。それも一度じゃない」

俺はびっくりして、しばし声を失った。こんな身近なところに獲物がいようとは。出口への道が大きく拓《ひら》けたぞ。

だが待てよ、手放しに喜んでいいのだろうか。あまりにことが順調に進んでいるのも気味悪いのだが、それとは別に、何かそぐわないものを感じてならない。三〇二号室の男を相馬留美の恋人とするには、どこか無理があるような気がするのだ。

まあいい。三〇二号室の男を詳しく洗えば、それは自ずとわかることだ。

「このマンションの大家さんはどちらにお住まいです？」

「さあ、どこに住んでるんだろう。家賃は口座振込だもんで、一度も顔を合わせたことがないんですよ」

「管理している不動産屋は？」

「そこが管理しているかどうかはわからないけど、僕が契約したところはサンエイ商事です。三つの栄えるって書いて三栄」

「場所はどこです？」

「蓮根《はすね》の駅前。たしか、改札を出て左手だったかな」

蓮根は西台の隣駅だ。

「どうもありがとうございました。私がこうしてやってきたことは、お隣さんには内密にお願いします。お忙しいところ、どうもありがとうございました」

俺は心から礼を言って三〇四号室を離れた。

不動産屋の聞き込みは明日だな。時間も遅いし、不動産屋をだますにはそれなりの準備が必要だ。金一封で言うことを聞いてくれるここの住人とはわけが違う。

そんなことを考えながら廊下を歩いていると、三〇一号室のドアが開いた。

「あら、あんたまだいたの」

出てきたのは例の威勢のいいおばさんだ。

「あ。先ほどはどうも」

「これから帰るの？」

「はい」

「じゃ、そこの煙草屋まで一緒に行こう」

二人は並んで階段を降りた。

「そういえばさ、あんた、ソウマ、ソウマって言ってたわよね？」

眉尻《まゆじり》に指を当てて、おばさんが言う。

「ええ。相馬留美さん」

「でも、三〇三号室の彼女、ソウマなんて名前じゃなかったはずよ」

俺はきょとんとした。

「ツガワだかツムラだか、そんな名前だった気がする。宅配便の宛名を見たのはずいぶん前のことだから、はっきりとは憶えてないけど」

ツガワ？　ツムラ？　そんなばかな！

俺は踵《きびす》を返して階段を駆け昇った。三〇三号室に表札は出ていなかった。階段を駆け降り、エントランス・ホールの郵便受けを見た。三〇三号室の箱にも名前は入っていなかった。

「でも、あたしの思い違いね。興信所のあんたが間違えるはずないもの」

おばさんはからからと笑ったが、俺には言葉も表情もなかった。

3

翌九日のおひるどき、蓮根駅前の三栄商事を訪ねた。

三栄商事は昔ながらの不動産屋だった。間口は一間ばかりで、ガラスの扉と窓は手書きの物件案内で埋めつくされている。半紙に毛筆書きという由緒正しさだ。

中は五坪あまりで、正面手前に応接セット、奥には木製の片袖《かたそで》机が二つ、その左右には金庫や大型ロッカーが置かれている。壁は額縁だらけだ。魚拓あり、古銭や刀剣を入れたものあり、「愛」だとか「献身」だとかいう陳腐な文句を揮毫《きごう》した色紙あり。このセンスのなさも不動産屋としてはきわめて正しい。

机の一つには若い女が座っていた。栄養のいきとどいた体をオレンジ色のシャツに包みこみ、俺が入ってきたのにも気づかず、雑誌に読み耽《ふけ》っている。

「こんにちはー」

俺は、ちょっと間延びした感じで声をかけ、彼女が顔をあげたところで、ぴしっと敬礼してみせた。

「ご主人はいらっしゃいますか？」

「あ、はい、ちょっとお待ちください」

彼女は非常にあわてた様子で立ちあがった。そして奥の暖簾《のれん》に首を突っこむと、こう言った。

「旦那《だんな》さん、お巡りさんです！」

そう。俺は今、警察官の制服、制帽に身をかためている。芸能関係の貸衣装屋から仕こんできた本物の制服に制帽だ。この恰好《かっこう》で命じれば、店子《たなこ》の秘密を素直に教えてくれるだろう。

「ご苦労さまです」

やがて、五十年配の男が目をきょときょとさせながら現われた。早くも制服の威光に呑《の》まれている。

「お忙しいところ申し訳ありませんが、防犯調査にご協力ください」

俺はおやじにも敬礼して、

「舟渡《ふなど》三丁目にある誠和ハイツ、あそこはおたくが扱っている物件ですね？」

「あ、はい。そうです」

「あのマンションを仲介している不動産屋は、ほかに？」

「いえ、うちだけです」

それなら話は早い。

「三〇三号室の契約書を見せてください」

「あ、はい。少々お待ちを」

おやじはぎくしゃくした動作でロッカーに向かい、一冊のファイルを取り出した。

「ええと、三〇三号室でしたよね？」

「そうです」

おやじはファイルをめくり、そのページをこちらに向けた。俺は伊達《だて》眼鏡の奥で目を凝らした。

賃借人の欄には「株式会社アクト・プロモーション」とあった。

「三〇三号室と言ったでしょう」

拍子抜けした俺は、やや声を荒《あら》げてファイルを叩《たた》いた。

「それが三〇三号室の契約書ですけど」

おやじが困ったように言う。俺はもう一度契約書に目を落とした。物件名称はたしかに「誠和ハイツ　三階　三〇三号室」となっていた。なのに賃借人は、

株式会社アクト・プロモーション
代表取締役社長　栗原維《たもつ》
東京都目黒区駒場一―一四―×―二〇一

である。

「三〇三号室の世帯主は若い女性ではないのですか？」

俺は首をかしげた。おやじは禿《は》げ頭をこつこつ叩きながら、

「ええと……、はい、はい、若い娘さんですね」

「ではどうして、賃借人がアクト・プロモーションになっているのです？」

「ああ、それはですね、そこの会社が借りあげて社宅として使っているからですよ」

するとと彼女は、このアクト・プロモーションに勤めているわけだ。

「どういった会社なんですかね？」

住所と電話番号を写し取りながら尋ねる。

「インテリア関係だそうです」

「なるほど。で、三〇三号室に実際に住んでいる女性の名前はわかりますか？」

「はい。ちょっとお待ちください」

おやじはふたたびロッカーに向かい、今度は大学ノートを取り出した。

「ツシマサトコさん、ですね」

「ちょっと拝見」

その見開きには、誠和ハイツの全世帯主の名前と緊急時の連絡先が表としてまとめられていた。

三〇三号室の世帯主は「津島さと子」である。三〇一号室のおばさんの記憶は正しかったのだ。

相馬留美はいつから、津島さと子を名乗るようになったのだ？　なぜ二つの名前を持っている？　副業に小説でも書いているのか？

「三〇三号室には相馬、いや、津島さと子さんのほかには誰も住んでいませんか？」

「同居人がいるか、ということですか？」

「ええ」

「いえ、津島さんお一人のはずですよ。会社からはそう届けられています」

では、相馬留美は帰国後すぐに部屋を引きはらい、そのあとに津島さと子なる女が入ってきた？

「津島さんが越してきたのはいつです？　ごく最近ではありませんか？」

「いいえ。去年ですよ」

相馬留美イコール津島さと子で揺るぎない。

「あのう、津島さんが何か？」

おやじがおそるおそる尋ねてくる。

「いえね、防犯のために巡回しているのですが、いつ伺っても三〇三号室は留守だもので、いったいどんな方が住んでいるのかと気になりましてね」

俺は笑顔でごまかした。

「ははあ、過激派のアジトになっているのではと心配されたわけですな」

おやじも歯を剝《む》き出して笑い、ちぐはぐな笑いが狭い部屋に交錯した。

「ところで、津島さんのお隣、三〇二号室にはどういう方がお住まいですか？　巡回した際、あの部屋も留守だったんですよ」

もう一つの用件を思い出し、尋ねる。おやじはファイルをめくりながら、

「三〇二、三〇二、と。そうでした、そうでした。三〇二号室もアクト・プロモーションさんの社宅です」

「え？」

「名前はそれに書いてありますでしょう」

驚いて手元のノートを見ると、名前は橋上健児《はしがみけんじ》、連絡先の電話番号は三〇三号室のそれと一緒だった。おやじからファイルを奪い、三〇二号室と三〇三号室の契約書を見較べる。

まぎれもなく、どちらの賃借人もアクト・プロモーションである。

　俺はしばし呆然《ぼうぜん》としたが、驚きが薄らぐにつれて、頭の隅っこにある風景が浮かびあがり、それが鮮明な形を持った時、はっと息をのんだ。昨日の聞き込み中に感じたもやもやの正体が摑《つか》めた。

　三〇二号室の男と三〇三号室の女は同僚で、かつ部屋が隣どうしなのだから、深い仲になったところで別段驚くことはない。問題は、小宮山佐緒理が押しつけられた極彩色のグッピーだ。

　相馬留美、いや津島さと子はなぜ、熱帯魚の世話を小宮山佐緒理に頼んだのだ。隣室に恋人が住んでいるのなら、そいつに頼んでしかるべきではないか。

　二人一緒に旅行に行った？　いや、それはない。俺が死体搬出にてこずっていた時、三〇二号室のドアが開いたではないか。橋上健児は部屋にいたのだ。

　結局、あの二人の仲はさほどでもないと見た。三〇四号室の男は、相馬留美が一度ならず三〇二号室を訪ねていたと言ったけれど、彼女はただ、同僚としての橋上健児を訪ねただけなのだ。

「この橋上健児さんという方、歳はいくつくらいです？」

　俺は尋ねる。

「たしか、学校を卒業して間もないという話ですよ」

　ほら、やはりそうだ。相馬留美の恋人は別にいる。一緒に買物していた三十代の男、そいつが本物だ。

「あのう、アクト・プロモーションさんに何か問題があるのでしょうか?」

おやじがこわごわと、いや不審そうに言った。

これまでだな。ボロが出ないうちに退散しよう。

4

俺は蓮根駅のトイレで警察官から一般市民に戻ると、その足でアクト・プロモーションに向かった。

二つの名前を持つ女、津島さと子についての謎は深まるばかりだが、今は考えるより歩け。一刻も早く彼女の男を見つけだすのだ。彼女の部屋の鍵を持っている男を。

駒場は俺にとってはじめての街だった。東大の教養学部があるというから、さぞやにぎやかな街なのだろうと思っていたのだが、駅周辺はきわめて地味なたたずまいで、キャンパスタウンというよりはむしろ、山の手の住宅地といった感じである。

人通りが少ないのは天気のせいかもしれない。ここしばらくぐずついた日々が続いているけれど、今日はまた一段と雨足が激しく、ちょっと歩いただけでもう、傘の滴が肩や背中を濡《ぬ》らした。

左手に傘、右手に区分地図、という不自由な恰好《かっこう》で五分ばかり歩き、路地裏の苔《こけ》むした石垣に、目指す地番を打ち出した金属プレートを発見した。

顔をあげると、石垣の上に、木造モルタルの二階建てアパートがあった。門柱には黒ずんだ板きれがかかっていて、「明水荘」という文字が、やっと読める。

俺の塒《ねぐら》とどっこいどっこいのおんぼろアパートだ。こんなところに会社が入っているのか？

訝《いぶか》りながらも、俺は石段を昇っていった。軒下に全戸の郵便受け箱がしつらえられていて、二〇一号室のそれには「株式会社アクト・プロモーション」と入っている。

俺はもう一度建物全体を眺め渡した。

建物の幅は約五メートル。モルタルの壁には稲妻のような亀裂《きれつ》が生じている。窓枠は木でできている。二階に続く鉄の階段は茶色く、穴の開いた段さえある。

築二十五年、六畳プラス三畳の台所とみた。本当に、アクト・プロモーションはここに入っているのだろうか。

俺は忍び足で鉄段を昇った。しかし足音を殺したところで、体重を移動させるたびに、階段がぎしぎし鳴った。

二〇一号室には表札が出ていなかった。ドアの横のガラス窓も暗い。

階下に降り、建物の裏側へ歩いた。二〇一号室の窓にはカーテンが引いてある。明かりが灯《とも》っているふうもない。

腕時計を見る。四時だった。もう全員退社したのだろうか。やけに待遇のいい会社じゃないか。

階段の側へ戻る。レゲエのりの曲をうるさくたれ流している部屋があったので、そのドアを強くノックした。頭の両サイドにメッシュを入れた浅黒い肌の男が出てきた。

「東京都労働経済局の者ですが」

つけ髭《ひげ》をなでながら言うと、男は眉間《みけん》に皺《しわ》を寄せて、

「ロードーケーザイキョクゥ？」

と間の抜けた調子で訊《き》き返してきた。

「雇用保険の調査のために二〇一号室のアクト・プロモーションさんを訪ねたのですが、あいにく誰もいないようでして」

言いながら、ちらっと中を覗《のぞ》きこみ、間取りをチェックする。

入ってすぐが板張りの台所、横に便所のドアらしきものがあって、奥は六畳ってとこか。およそ会社を置くようなところじゃない。

「コヨーホケン？」

いちいちうるさいやつだ。

「二〇一号室のアクト・プロモーションさんですが、どういった会社かご存じでしょうか？」

「ご存じありません」

殴ってやろうか。

「社員の方とお話しされたことはございますか？」

「ございませんねえ」

「津島さと子さんという社員をご存じないでしょうか？」

どうにか笑顔を保って尋ねる。

「それって、若いの？」

男が一歩前へ出た。俺は、心当たりがあるのかと期待して、

「はい。二十六、七だと思います」

と答えたのだが、男は、

「なーんだ、ちっとも若くねえじゃん」

と唇をとがらせた。

「ご存じではないのですか？」

「知らねー」

男は欠伸《あくび》するように口を開けた。もう限界だ。

「おじゃましました」

そこまでは丁寧に言ったが、男の姿が消えるやいなや、ドアに向かって唾《つば》を吐きかけた。ノブの根元が、べっとりと白く濁った。

雨のシャワーを浴びて気持ちを鎮める。それから一服つけて、ほかの部屋のドアを叩《たた》いてまわった。

収穫はなかった。アパートの誰もが、津島さと子はおろか、アクト・プロモーションの社員を一人として知らなかった。中には、二〇一号室を空室と思いこんでいる者もいた。

俺は落胆した。けれど、新たな闘志も湧いた。

小宮山佐緒理殺害の謎を解く鍵《かぎ》は、案外、アクト・プロモーションなる得体の知れない会社そのものにあるのではないか。

5

翌日も雨。俺はインテグラーレで明水荘へ行った。

途中のコンビニエンスストアでサンドイッチとトマトジュース、そしてショートホープをワンカートン仕入れたのち、明水荘の石垣のはずれ、二〇一号室のドアが見える位置に車を停めた。

時刻は午後一時。いくら待遇がいい会社でも、この時間なら営業していることと思うが、念のため、自動車電話を使って確認する。

「はい、お待たせしました。アクト・プロモーションでございます」

呼び出し七回で若い女が出た。

「あ。間違えました。ごめんなさい」

電話を切る。

そして貧しい昼食を貪《むさぼ》りながら、待った。社員でもいい、出前持ちでもいい、アクト・プロモーションから出てきた人間をつかまえ、問い質《ただ》すのだ。

三十分、一時間、二時間。

雨があがり、風が出た。黒く厚ぼったい雲がちぎれると、ひさしぶりの太陽が、石垣の苔を黄金色に染めた。だが二〇一号室のドアは開かない。

少々不安になり、受話器を取った。

「はい、お待たせしました。アクト・プロモーションでございます」

本当に待たせる会社だ。今度は呼び出し八回だった。

女の声を聞いて、電話を切った。だいじょうぶだ。俺が目を離した隙に全社員が出ていってしまったということはない。

俺はふたたび待ちはじめた。

四時、五時。

灰皿を三回掃除したけれど、依然として二〇一号室からは誰も出てこない。誰も入っていかない。

とうとう六時になった。

俺は車を降りた。アパートの裏手へ回って二〇一号室を見あげると、窓はカーテンで閉ざされていた。明かりも漏れていない。

変だな。

表へ戻り、鉄の階段を昇った。二〇一号室の前に立ち、耳をそばだてる。ドアに、そっと耳を押しつける。物音は聞こえない。

そろそろと手を差し出す。ノブを回す。動かない。

思いきってノックしてみる。最初は小さく、次第に大きく、二度、三度、四度——。

応答はなかった。

しきりに首をかしげながら、俺は車へ戻った。狐につままれたような感じとは、つまりこういうことを言うのだろう。

三時の時点では、少なくとも一人の女子社員が在室していたというのに、今では蛻《もぬけ》の殻だ。彼女は、いつ、どうやって退社したのだ。俺は二〇一号室のドアから片時も目を離さなかったぞ。

それとも、彼女は居留守を使った？　あるいは、重要な電話を受けている最中で、ノッノックに応じられなかった？　しかし部屋の明かりが灯っていなかったことを考えると、どちらも違うような気がする。

その時、俺は閃《ひらめ》いた。俺はテレホン・マジックに踊らされていたのではないか？

俺は車から電話を取りはずすと、それを肩にさげて階段を昇り、二〇一号室のドアの前で、アクト・プロモーションの番号をダイヤルした。

受話器の奥に呼び出し音が聞こえたのと同時に、部屋の中でもベルが鳴りはじめた。

一回、二回、三回鳴って、部屋のベルはやんだ。

けれども俺の電話には誰も出てこない。ひき続いて呼び出し音が鳴っている。四回、五回、六回——。

「はい、お待たせしました。アクト・プロモーションでございます」

都合七回の呼び出し音のあと、女の声が言った。俺は電話を切った。

思ったとおりだ。これで、女子社員の消失を合理的に説明づけられるばかりか、アクト・プロモーションに抱いていた疑問も氷解する。

この部屋には、最初から、誰もいなかったのだ。かかってきた電話はすべて、転送装置によって別の場所に回されていたのである。どうりで電話に出るのが遅かったわけだ。転送電話の多くは、正規の番号を持つ電話機が何度か鳴ったのちに回線が切り替わるようなシステムになっている。

アパートの住人が異口同音に、アクト・プロモーションの社員と面識がないと言ったことを考えると、この部屋はいつもからっぽなのではないか。つまり、実際に機能している事務所が別にあって、そこが電話の転送先ではないのか。

では、本当の事務所はどこにある？　どうやって所在をつきとめる？　なあに、わけないさ。

俺はいったん事務所に戻り、夜が更けるのを待って明水荘を再訪した。

時刻は午前一時を回っていたが、四つの部屋から明かりが漏れていた。窓を開けてどんちゃんやっている戯《たわ》け者もいた。

灯が消えるまで待つべきかと躊躇《ちゅうちょ》したのは一瞬のことで、すぐに、もう一つの俺が、ネガティブになるなと言ってきた。俺はゆっくりと階段を昇った。

二〇一号室の前に立ち、ひとつ息を吐く。ポケットから針金を取り出す。

聞きこみにまわった際、俺は見た。このアパートの玄関扉は、室内側のノブについているボタンを押すことによってロックされる。外出時の施錠法も同じで、ドアを開けた状態でボタンを押し、そのままドアを閉めると、自動的に鍵がかかる。

ところで、このタイプの錠前には二つの欠点がある。一つは、キーを部屋に置いたまま外から施錠してしまう、という間抜けな事態を起こしがちなこと。もう一つは、針金一本で開けられてしまうこと。

針金を鍵穴に突っこんでシリンダー内部の凹凸を探り当てる、なんてプロフェッショナルな技は使わない。幼稚園児でもマスターできる、実に簡単な方法でだ。彎曲《わんきょく》させた針金をドアの隙間へ深く差し入れ、ノブの真横で輪を描く感じでこちらに戻し、両端を静かに引くと——、ほら、もう開いた。

室内へ滑りこみ、ドアを閉める。懐中電灯のスイッチを入れる。

びっくりするほど殺風景な部屋だった。台所には何もない。奥の部屋には、スチール製の片袖《かたそで》机と本棚が一つずつ置いてあるけれど、本棚はまったくのすかすかで、机の引出しにも紙きれ一枚入っていない。机の上をさっとなでると、掌が埃《ほこり》で汚れた。

俺は昔を思い出して嫌な気分になった。会社が倒産し、債権者が金目の物を押さえていくと、こんな状態になる。

ある程度予想していたものの、ここまですっからかんだとは。アクト・プロモーションにとって、この部屋は何なのだろう。いったいいつから、こんな状態にあるのか。本当の事務所はどこにある。

机の上に黒電話が載っていた。横に、ステレオアンプのような銀色の機械が置いてあり、両者はシールドでつながれている。電話の転送装置だ。

銀色の箱を懐中電灯の光で嘗《な》めまわす。側面にシールが貼ってあった。「メトロ秘書センター」と読める。

なるほど、そういうからくりだったのか。アクト・プロモーションをくるんでいたベールが一枚剝《は》げ落ちた。

秘書センターといえば聞こえはいいが、要は電話番の代行サービスである。

ここに、気の合う仲間三人で出帆した会社があるとする。仕事は外回りが中心で、事務所は終日からっぽであることが多い。

そんな時、客から電話が入ったらどうなる。ビジネスチャンスを逃してしまうばかりか、信用も失ってしまうことだろう。かといって電話番を雇う余裕はない。留守番電話を使うという手もあるけれど、会社の留守をあずかるのがカセットテープだなんて、かなり体裁悪い。事務の人間がいないとはいったいどんな会社だと胡散《うさん》臭く思われてしまうかもしれない。

そこで登場するのが秘書センターである。秘書センターと契約すると、不在中かかってきた電話はセンターへ転送され、そこの社員が、さも契約先の社員であるかのような口ぶりで応対してくれる。オプション契約を結べば、急ぎの用件が入った際、ポケットベルで呼び出してくれる。

秘書センターは、一般的に、こういった形で利用される。アクト・プロモーションもおそらく、社員の少なさをカバーするために秘書センターを利用しているのだろう。

だが待てよ。そう単純に考えていいものだろうか。社長以下全員が外をかけずりまわるのはいいが、彼らはどこで事務作業を行なっているのだ？

この部屋には物がない。書類も、筆記用具も、はんこも、ない。そして机の上は埃化粧。電話の応答ばかりか、事務もどこかに代行させているというのか？

6

寝酒のバーボンが過ぎたようで、目が覚めると、すでに陽は高かった。おまけに、頭の芯《しん》には、まだアルコールが残っている。

テレビをつけて台所に立ち、頭痛薬をトマトジュースで流しこむ。顔を洗い、歯を磨き、布団の上で剃刀《かみそり》を使っていると、そのうちワイドショーがはじまって、報道関係者に詰め寄られてもがき苦しんでいる男の姿が映しだされた。

砂糖に群がるアリだな、こりゃ。ビッグな俳優のスキャンダルでも発覚したかな。

「ただいまの映像でごらんのように、小宮山隆幸さんからは一言もなかったわけですが、さてここで、小宮山佐緒理さん誘拐殺害事件の経過を順を追って説明していきましょう」

剃刀を持った手が激しく反応し、俺の唇が血で染まった。

小宮山佐緒理の死体が発見されただと⁉

俺の叫びと呼応するように、画面は女の笑顔の大写しとなった。俺は首をかしげた。小宮山佐緒理の顔じゃなかったからだ。

いかんいかん。名前を聞き違えるなんて、俺は相当まいっているらしい。

だが、安堵《あんど》は一瞬で消えた。間違いを犯したのは耳ではなく目だった。画面の下に「小宮山佐緒理さん（27）」と字幕が出ている。写真のせいか彼女の顔はきつく見えた。

いったいどうして⁉

犯人からの連絡と人質の消息が絶えて二週間が過ぎたのだから、そろそろ公開捜査に切り替わるだろうとは思っていたし、それに対する心構えもできていた。小宮山佐緒理と俺の間に糸はない。世間がどれだけ騒ごうが、それが警察の捜査をあと押しすることはない、ほっとけほっとけ、と。

けれど、永久に封じこめたはずの、少なくとも時効が成立するまでは人目に触れないでくれよと念じて埋めた死体が発見されようとは、予想だにしていなかった。なんだって、こうも早く発見されてしまったのだ？　しかも身元まで判明してしまうなんて。

俺は息をのんで画面を見つめた。

小宮山佐緒理が見つめ返してくる。冷たい視線で俺を睨《にら》みつけてくる。

おい、佐緒理ちゃんよ、頼むから変な顔をしないでくれ。俺の心に焼きついているおまえは、そんな顔じゃない。おまえはふてくされた時でさえ、もっとかわいらしかった。なんだってファッションモデルのように冷たく笑っているのだ。俺を怨《うら》むなんておかどちがいだぜ。おまえは、自分で自分の首を絞めたんだ。俺はただおまえの依頼で動いたまでで――。

などと、写真の彼女に語りかけている間に事件の経過説明が進み、最前の疑問が解き明かされた。

なんでも、自転車で日本一周中の青年がテントの設営中に掘り起こしてしまったらしい。そして、死体の左薬指にはめられていたプラチナのリングが、身元を判定する大きな手がかりになったという。

俺は茫然《ぼうぜん》自失し、ついにはゲラゲラ笑いはじめた。まったく俺という男はどこまで不運と仲よしなのだろう。

九十九里の波に婚約者をさらわれなかったら、こんな初歩的なミスを犯さずにすんだのだ。彼女に結婚指環《ゆびわ》を贈っていれば当然、リングの裏側には名前が刻みこまれると知っていたわけで、それを知っていたなら、小宮山佐緒理の指を焼いてでも、かじってでも、リングをはずしたことだろう。

自嘲《じちょう》の笑いがおさまると、俺は冷静に考えはじめた。

身代金を奪われたうえに人質が死んでしまったとなっては、警察のメンツは丸潰《まるつぶ》れ、したがってこの死体発見を機に警察の捜査体制は強化されることだろうが、さて、その手は俺まで及ぶだろうか？

たった今テレビが伝えたところによると、警察は、怨恨《えんこん》による誘拐殺人であるとの見方を強めているようだが、しかしもう幾度となく確認したように、小宮山佐緒理と俺とを結ぶ糸はない。となれば、死体が発見されたからといって、なにもびくびくすることはない。いや、ちょっと待て。殺人犯の正体が俺の読みどおりだとしたら、小宮山佐緒理と俺とを結ぶ糸が存在することになるんじゃないか？

つまりこういうことだ。俺が描いている犯人像は、相馬留美こと津島さと子の恋人、もしくはそれに準ずる男である。そうであるなら、津島さと子と親しかった小宮山佐緒理はやつと面識があり、彼女の遺品の中にやつの名前が出てくる可能性も充分考えられるではないか。

するとどうなる。警察は、小宮山佐緒理から出ている糸の一本をたぐりよせていった結果、津島さと子の恋人にたどりつく。そいつはもう観念して殺人を自白する。ついでに俺の存在を明かす——。

こいつはまずいぞ。ことは急を要している。一日、いや、一分一秒でも早く殺人犯を見つけだし、始末してしまわないと。

俺は唇から流れる血を嘗め嘗め、スエットからスーツに着替えた。

だが、外には出なかった。出られなくなってしまった。先ほどから折にふれて耳を刺激し、俺を妙な気分にさせていた言葉の正体に気づいたからだ。

それは、俺のはったりにまんまとひっかかってくれた女、小宮山隆幸の姉の名前だった。

彼女は栗原冴子というらしかった。

栗原!? 津島さと子が勤務する、あの胡散臭い会社の社長も栗原という姓じゃなかったか!?

びっくりして手帳をめくってみるとたしかに、アクト・プロモーションの社長も栗原姓だった。栗原維。

興奮とも恐怖ともつかぬ不思議な感覚が、俺の五体にねばりついた。

7

小宮山隆幸の姉が栗原冴子で、小宮山佐緒理の友人が勤務する会社の社長が栗原維。これは偶然か? 栗原姓はさして珍しくないので、その可能性はありうる。だが、もしも二人の間につながりがあるとしたら、たとえばそう、栗原維と栗原冴子が夫婦だとしたら、どうなる?

何の根拠もない。直感的に思っただけだ。だが、一度そんな考えが芽生えてしまうと、もうどうしようもない。

　栗原維は、冴子という妻がありながら、義妹小宮山佐緒理の紹介で入社してきた津島さと子と不倫の関係に陥る。その関係を知らなかった小宮山佐緒理は、津島さと子の留守をいいことに、誠和ハイツ三〇三号室を偽装誘拐の隠れ家として使ったのだが、そこに何らかの理由で栗原維がやってきてしまい――。

　などという、生臭い妄想さえ生まれてくるのだ。

　俺はふたたびテレビにかぶりついた。ワイドショーが終わってしまうと駅へ走り、届きたての夕刊をかたっぱしから買い求めた。

　ところが期待に反し、栗原冴子のプライバシーについて詳しく語るものはなかった。旦《だん》那《な》とは半年ほど前から別居している、と簡単に記されていたのみである。

　ならば、栗原維本人に質《ただ》すまでだ。

　インクでまっ黒けになった手と顔を洗い、俺は受話器を取った。まずは栗原維の住まいをつきとめよう。

「はい、お待たせしました。アクト・プロモーションでございます」

　呼び出し七回で女が出た。

「D製作所の田中と言いますが、社長さんをお願いします」

「D製作所の田中様ですね。いつもお世話になっております」

　嘘をつけ。

「申し訳ございません。栗原はあいにく外出しております」

「お帰りは何時ごろになります？」

「申し訳ございません。本日は外出先から直帰となっております」

「外出か……。困ったなあ」

「栗原から連絡が入りましたら、そちら様にお電話するよう申し伝えておきますが」

「いや、私もずっと外なんだよ」

「それでしたら、明日に――」

「だめ、だめ。今日じゅうに解決しなければならない問題なんだ」

「はあ」

「おお、そうだ。栗原さんの自宅の電話番号を教えてくれないか」

「申し訳ございません。私にはわかりかねるのですが」

「わからない？　じゃあ今すぐ調べてくださいよ。このまま待っているから」

「…………」

「君、何ぐずぐずしてるんだね。これは、アクト・プロモーションさんの存亡にかかわる問題なんだよ」

「でも、そんな……」

女の声が震えを帯びた。俺は、いささか心苦しいものを覚え、電話を切った。そして作戦がまずかったことに気づいた。いま電話に出た女はアクト・プロモーションの社員ではない。電話番を代行しているメトロ秘書センターの者なのだ。だったら、契約先の社長宅を知らなくて当然だ。

俺はそこで、ルートを変更した。栗原冴子をうまいこと誘導して、旦那の名前を聞き出すのだ。

「はい、もしもし、小宮山でございます」

小宮山隆幸の実家にダイヤルすると、かわいらしい声が応答した。栗原冴子の息子だろう。舌足らずな声の調子からみて、下の息子か。

「ママは、いますか？」

俺は、一語一語、はっきりと言った。

「ううん、おかいもの」

俺はがっくりして受話器を降ろしかけた。が、すぐに思い直して、

「パパは？」

と続けた。

栗原冴子が不在なら、この子から聞き出せばいいのだ。よく考えてみると、これはラッキーな状況だった。大人より子どもの方がだましやすい。

「パパは、おうち」

おうち？　ああそうか、父親とは別居しているんだったな。

「パパのお名前は、何ていうの？　ボク、言えるかなあ？」

俺は、やさしいおじさんになりきって尋ねた。

「クリハラタモッ！」

元気のいい返事に、俺の心も激しく躍った。アクト・プロモーションの社長と栗原冴子の旦那はやはり同一人物だったか。

「ボク、おうちの電話番号を知ってるかなあ？」

興奮を抑えつけて尋ねる。

「うん。ゴー、ロク、イチのキュウ、サン、××、ナナ！　ゴー、ロク、イチのキュウ、サン、××、ナナ！」

なんてよくできた子だろう。頼みもしないのに、はきはきとした調子で繰り返してくれるとは。

「よく言えたねえ。ボク、いくつ？」

「四さい！」

「じゃあ、パパは何歳？」

「うーんと……。三十三さい！」

「そう。じゃあね。バイバイ」

俺は受話器を置いた。はじめて酒を飲んだ時のように、心臓が早鐘を打ち、体全体がほてっていた。

誠和ハイツ三〇三号室を中心に三つの人物がつながりをみせた。

部屋の借り主が栗原維。実際に住んでいたのが彼の会社の津島さと子。そこで殺されたのが、津島さと子の友人であり、栗原維の義妹である小宮山佐緒理。そして、津島さと子の陰には三十代の男がちらついているのだが、栗原維は三十三歳。

栗原維が小宮山佐緒理を殺害した⁉

断定するだけの材料はない。だが、あらぬ妄想と片づけていいものだろうか。

バーボンをピーナッツでやりながら八時を待ち、俺は電話機に向かった。栗原維の声を耳の記憶と照合してみようというのだ。

栗原維の自宅の電話番号は、五六一—九三×七。市外局番はわからない。

しかし案ずることはない。三桁《けた》の市内局番を持っている地区はごく少ない。首都圏にかぎれば、横浜市、川崎市、埼玉県の中心部、の三ヵ所だけである。

まず、横浜からあたってみることにする。〇四五—五六一—九三×七。

「はい、サカモトでございます」

続いて川崎。〇四四—五六一—九三×七。

「もしもし？　ツジですが」

ということは、〇四八—五六一—九三×七か。

「コミネはただいま外出しております。発信音のあとにメッセージをお願いします」

俺は目をしばたたかせた。空くじなしの福引にはずれたような心境だ。どうして栗原の家につながらない。

栗原の息子が言い間違えたのか、俺の聞き違いか。それとも——。

三桁の市内局番を持つ地区はほかにもある。札幌、仙台、新潟、静岡、浜松、名古屋、京都、大阪、神戸、広島、北九州、福岡、熊本。したがって、栗原維はこれらの都市に住んでいるのかもしれない。

だが、アクト・プロモーションは東京の会社だ。栗原維は、それらの地方都市から東京に通っているというのか。

そんなばかなと思いつつ、俺は受話器を取った。

七度の落胆を味わったのち、

「はい、栗原です」

と男が出た。〇六—五六一—九三×七。大阪だ。

「栗原維さん？」

俺は送話口にかぶりついた。

「そうやけど」

栗原の声は低く、言葉は関西人のものだった。

「アクト・プロモーションの社長さんでいらっしゃいますね？」

「はあ、そうやけど」

「奥さんの名前は、冴子、ですね？」

「あんた、誰です？　冴子がどうかしました？」

「奥さんの旧姓は小宮山」

「誰や⁉」

「奥さんは二人の子どもを連れて実家に帰っている」

「それが、どないした言うんや。あんた、誰や？　何が言いたい？」

「誰でもいいじゃないですか。夜が寂しくて電話しただけです」

「アホぬかせ。いたずらやったら、切るで。こっちは忙しいんや」

「切らないでください。あなたの声を聞きたいんです」

「やめんか！　気色悪い。ゲイバーにでも行きさらせ！」

それで電話は切れた。俺は首をすくめた。次に深い溜《た》め息が出た。

栗原維の声は俺の記憶を刺激しなかった。脅迫者の声は、もっと低く、くぐもっていたし、東京の言葉をしゃべっていた。

まあ、声の色はどうにでも作れる。関西の言葉と東京の言葉を使い分けることも充分に可能だろう。

だが、栗原維が脅迫者たりえない、決定的ともいえる証拠があった。

鼻濁音だ。俺を脅した男は鼻濁音が完璧《かんぺき》だった。ところが栗原維は、それがまるでなっていない。

俺は言語学者じゃないけれど、日本語の鼻濁音は、英語のLとRの発音に似たものがあると思うのだ。体に染みついた者は自然と使い、そうでない者はまるで無頓着《むとんちゃく》。したがって今の電話で鼻濁音を使っていなかった彼が、あの時だけ意識的に鼻濁音を使ったとは考えにくい。

栗原維はシロなのか？

8

七月十二日金曜日。紙一重で「十三日の金曜日」にならずにすんだ、運のいい日。

俺は朝からついていなかった。

ヘビやトカゲやワニといった、名前を聞くだけでもおぞましい爬虫類《はちゅうるい》軍団が俺を取り囲み、体の上にのしかかり、顔を嘗《な》めまわすのだ。俺は子どものように泣き叫び、涙がかれると口から泡を吹いた。タイミングよく目覚まし時計が鳴ってくれたからいいものの、そうでなかったら俺は心臓麻痺《まひ》を起こしていたことだろう。

不吉な夢だ。学生時代、この夢を見ると決まって、その日の試験に失敗した。

ぐったりとした体を起こしてテレビをつけると、朝のニュースショーがちょうどはじまったところで、トップニュースはもちろん小宮山佐緒理誘拐殺害事件だった。一晩で捜査が進展した様子はなく、昨夜のニュースと同じ内容の情報を、切り口を変えて流していた。

俺はチャンネルを替えてみた。すると見憶《みおぼ》えのある光景が目に飛びこんできた。

高いレンガ塀、広いガレージ、三階建ての邸宅。

「悲しみの対面から三日、ここ、杉並区にある小宮山隆幸さんのご実家で、本日午後七時より、小宮山佐緒理さんの通夜がいとなまれます」

女のレポーターが、さも悲しそうな顔と声で言った。

「連日、警視庁と山梨県警合同の大がかりな捜査が行なわれておりますが、冷酷な犯人は、いまだ捕まっていません。小宮山隆幸さんの悲しみは、日を追うごとに深まっています。私たちの怒りもつのるばかりです。ここで街の声を聞いてみましょう」

不快、不安、怒り、恐怖、いらだち――様々な感情がいちどきに押し寄せてくる。

冷酷な犯人！　冷酷な犯人！　冷酷な犯人！　冷酷な犯人！　冷酷な犯人！

テレビを消しても、激しくかぶりを振っても、その言葉が耳の奥底にこだました。

冷酷な犯人は俺じゃない。俺は、やつの片腕として動いただけだ。なのになぜ、心乱される。

俺は部屋を飛び出した。冷血鬼の首は俺があげる。警察に渡してなるものか。安っぽい感情に流されるな。今はただ、目的の早期達成だけを考えろ。

朝の風景はいつもと変わりなかった。人はみな、ゴキブリのようにせかせか足を動かして駅に集まり、鮨詰《すしづ》め状態の電車に押しこまれては、生きることをあきらめたような目をして少ない酸素を求めていた。

誰もが俺に無関心だった。この身動きがとれない車輛《しゃりょう》の中で新聞を広げている大ばか者にしても、その目は俺の犯罪を記した小さな活字を追うばかりで、隣に立っている実物には一瞥《いちべつ》もくれなかった。そればかりか、俺が新聞を覗《のぞ》きこもうとすると、眉《まゆ》をひそめて紙面の角度を変えるのだ。俺はひとまず安心し、これからのことを考えた。

これ以上栗原維を追及しても無駄だろうか？　誠和ハイツ三〇三号室を軸として、栗原維、小宮山佐緒理、津島さと子の三人がつながっているのは厳然たる事実だが、鼻濁音の件が彼をガードしている。それに、俺を脅迫した時だけ意識して鼻濁音を使ったのだと解釈しても、彼が俺を脅迫した、あるいは小宮山佐緒理を殺害した確かな証拠が得られないかぎりは、口封じに出られない——。

もやもやは残るけれど、今は栗原維の存在を排除して、基本に忠実な捜索活動をするとしよう。津島さと子の男を見つけだすのだ。その結果、彼女は栗原維の愛人だったという答が出たなら、あらためて栗原維を攻める方法を考えよう。

そのためにはまず、メトロ秘書センターを訪ね、アクト・プロモーションの本拠を聞き出さなければならない。真の事務所がわかったら、その周辺で聞き込みを重ねる。さらには退社後の津島さと子を尾行して、なにがなんでも彼女の男を見つけだしてやる。

だが俺は、まっすぐメトロ秘書センターへ向かわなかった。会社勤めをやめて三年、俺の体は満員電車に対する耐性を失っていた。目蒲線の人いきれはどうにか我慢できたけれど、乗り換えの山手線を見た瞬間、総毛立つような恐怖を覚えた。

あんな車輛に詰めこまれたら、一分と経たないうちに失神してしまう。かつての自分は本当に、こんな電車を毎日使っていたのか？　偉いというか、憐《あわ》れというか。

俺はためらうことなく改札を出た。目黒駅前の喫茶店でラッシュアワーが終わるのを待つことにする。

きのうの起きぬけにトマトジュースを飲んでから何も腹に入れていないけれど、俺はコーヒーだけを頼み、新聞を手に取った。俺の体は食物よりも警察の動きを欲している。

最初に手にしたスポーツ新聞の社会面には、「社長夫人殺害をめぐる三つの謎！」という派手な見出しが躍っていた。俺は、冷たい視線をよこしてくる小宮山佐緒理の顔写真を親指の腹で隠して、活字だけを目で追った。読み終わり、ふんと嗤《わら》った。

三つの謎とは、少額の身代金しか奪わなかったこと、身代金をまんまとせしめたにもかかわらず人質を殺してしまったこと、死体の左ふくらはぎを切断したことで、目のつけどころは悪くないのだが、それに対する有識者の意見が的はずれもいいとこなのだ。

他紙の記事も大同小異だった。誘拐と殺人は同一人物によって行なわれたと信じて疑わず、誘拐の目的は身代金ではなしに小宮山佐緒理の命だった、つまり怨恨《えんこん》による犯行だと早くも断定している。

やはり俺の読みは正しかった。このぶんでいくと、警察の手が直接俺にかかることはない。俺が手錠《ワッパ》をはめられるとしたら、それは真の殺人犯が捕まったあとだ。ああ、いまさらながら悔やまれる。なんだってご丁寧にも、自分の犯罪を書き記してしまったのだろう。

十時になって喫茶店を出た。山手線はまだ混雑していたけれど、この程度の人いきれならどうにか耐えられそうだった。

メトロ秘書センターは渋谷の宇田川町《うだがわちょう》にあった。タワーレコード裏にある雑居ビルの中だ。

エレベーターを五階で降りると、会計事務所、デザインスタジオ、広告代理店、と続いて、廊下の最奥に目指す鉄扉があった。俺は、窓ガラスを使ってネクタイを整え、ドアを軽く叩《たた》いた。

ここで尋ねれば、アクト・プロモーションの業務内容や社員の居場所がたちどころにわかるはずである。聞き出す口実も考えてある。

しばらく待っても応答がなかったので、

「税務署の者ですが」

と言いながらドアを押し開けた。とたんに、言葉の銃撃にさらされた。

「はい、お待たせしました。フジセッピでございます」

「少々お待ちください」

「いつもお世話になっております。申し訳ありません。ヨシダはあいにく外出中でして、本日は遅くなると申しておりました」

「はい、お待たせしました。シンワインターナショナルです」

「たしかにうけたまわりました」

「ミツイ様でございますね。少々お待ちください――。はい、お待たせしました。キョウドウキカクでございます。ヒラキでございますね。少々お待ちください――。お待たせしました。ミツイ様、申し訳ございません。エビサワはあいにく外出しておりまして、帰社は五時となっておりますが」

入ってすぐのところに、受付と思《おぼ》しき事務机と応接セットが置いてあったが、ここには誰もいない。戦場は衝立《ついたて》の向こう側だ。

そっと覗《のぞ》いてみると、パネルで仕切られた机がいくつか並んでいて、それぞれに着いた女性が、忙しく電話に応対していた。中には、一人二役、一人三役をこなしている者もいたが、それでもすべての回線はさばききれないらしく、彼女たちの声にまじって、呼び出しの電子音がうるさく鳴っている。

大声で呼びかけるのも気がひけたので、俺は、彼女たちの仕事ぶりを眺めながら、一段落つくのを待つことにした。

と、俺の全身が凍りついた。呼吸が停止した。

いま俺の前では、一、二、三、都合四人の女子社員が電話と格闘しているのだが、そのうちの一人が、一番右端の女が――。

小宮山佐緒理だったのだ！

俺は眼鏡をはずし、瞼《まぶた》をこすった。頰をつねった。夢でも幻でも錯覚でもなかった。

カールした長い睫《まつげ》、つんと上を向いたかわいらしい鼻。髪は以前より短く、野暮ったい眼鏡をかけているけれど、あの小宮山佐緒理に違いなかった。小宮山佐緒理が、しゃべり、動いていた。

(小宮山さん!)

そう言って進み出ようとしたが、見えない力に制御された。俺の姿を彼女に見せてはならない。本能がそう命ずるのだ。

俺はあとずさりしてその場を離れた。廊下に出てもまだ、心臓は全力疾走をやめようとしなかった。

ビルを出ると、向かいに喫茶店があったので、そこの窓際の席を占めた。ウェイトレスの注文に応じられないほど、俺の頭の中はぐちゃぐちゃになっていた。夏山で吹雪に見舞われたような感覚だ。だがその一方では、謎のいっさいが解けたようでもあった。

コーヒー一杯で二時間ねばり、おかわりとピザトーストでもう三時間ねばり、さらにはポットサービスの紅茶で四時間ねばった。

七時十五分になり、ビルの玄関から、四人連れの女性が出てきた。俺は伝票を持って席を立った。五メートルの間を置き、彼女たちのあとを追う。

四人はタワーレコードの正面を通り、渋谷駅の方へ向かった。宇田川派出所の先で一人減り、パレス座のところでもう一人消えた。残る二人は万葉会館の角を右に折れ、次の角を左に折れた。

渋谷センター街のアーチをくぐったところで、

「じゃあね」

と一人が手を挙げ、道玄坂《どうげんざか》方面に足を向けた。

「また明日」

小宮山佐緒理も軽く手を振って応じた。

その時、俺と彼女の目が合った。しまったと思ったが、もう遅い。彼女はいったん目を離し、スクランブル交差点を渡りかけたが、すぐに足を止め、こちらを振り返ると、記憶を探るような顔つきで俺を見つめた。

俺はうろたえた。そして、

「小宮山さん」

と、つい声をかけてしまった。彼女が目を剝《む》いた。

おや？　と思った。右の目尻《めじり》に黒子《ほくろ》がないぞ。

「小宮山佐緒理さん……、ですよね？」

確認するように尋ねながら、歩み寄っていく。彼女は否定も肯定もしない。瞬きもせず、その大きな目で俺を凝視している。

「わかりませんか？　僕ですよ」

言って、つけ髭《ひげ》をひっぺがし、眼鏡を取った。

「あ」

小宮山佐緒理は短く叫んだ。叫んだかと思うと、俺に背を向けて駆けだした。交差点を渡り、ハチ公前の人ごみの中へ。

俺も走った。金曜日の人ごみをかき分け、井の頭線連絡通路の下を抜けた。だが彼女は足が速く、差はいっこうに詰まらない。

モヤイ像をかすめ、横断歩道を渡り、彼女は渋谷駅南口のバスターミナルでタクシーをつかまえた。俺も、列を無視して、次のタクシーに飛び乗った。

「前の車を追ってくれ！」

大声で命じる。

「割りこみはだめだよ」

運転手は、出ていけとドアを指さす。

「警察だ」

そう言って黒い手帳を見せてやると、車はタイヤを鳴らして発進した。

小宮山佐緒理を乗せたタクシーは、２４６から明治通りに入り、新宿方面へ向かった。俺の車は、その三台後方を走った。なかなか心得た運転手で、それ以上つきもせず、また、離れもしなかった。

北参道《きたさんどう》の交差点を左折し、山手線のガードの先を右折、代々木《よよぎ》駅前を通過し、小田急《おだきゅう》線の踏切を渡り、そして彼女のタクシーは、とあるホテルの車寄せに入っていった。

「どうしましょう？」

ホテルの手前でブレーキを踏み、運転手は言った。

「ここでいい。釣はいらない」

俺は一万円札を渡した。

「ねえ、旦那《だんな》。あの女、何をしでかしたんです？」

降りようとすると、運転手が興奮ぎみに尋ねてきた。

「殺人犯だ」

ガラス越しにロビーを覗《のぞ》く。彼女の姿はなかった。中に入る。やはり彼女は見あたらない。俺は鉢植えの陰に腰を降ろし、待った。そして考えた。

誰が小宮山佐緒理を霊界から呼び戻したのだ？　社長夫人の彼女がなぜ、メトロ秘書センターで汗水流している？　彼女はいつ黒子の除去手術をした？　そしてなぜ俺の前から逃げだした？

答が出そうで出ぬまま待つこと煙草八本、スカーフで顔を半分隠した小宮山佐緒理がエレベーターを降りてきた。きょろきょろしながらフロントまで歩み、投げるように鍵《かぎ》を預けると、車寄せに停まっていたタクシーに乗りこんだ。俺も急ぎ足で外へ出て、次のタクシーに乗った。

二台の車は、甲州街道《こうしゅうかいどう》、山手通り、中仙道と走った。俺は、半ばから、彼女の行き先を察した。同時に、事件の全貌《ぜんぼう》がおぼろげに見えはじめた。

狂言誘拐の依頼、彼女の嫉妬《しっと》深さ、極彩色のグッピー、冷蔵庫の中の保存容器、小宮山隆幸の怪我、小宮山佐緒理の死体、開いていた窓、テレビで見た小宮山佐緒理の顔——今まで素直に納得していたことがらのすべてに疑いをかけることによって、まったく異なった風景が現出してくる。

たとえば、三〇三号室の冷蔵庫に入っていた数多くの保存容器だ。旅行で三週間も家を空けるのなら、出発前に冷蔵庫の中を整理してしかるべきではないか。なのにそれがなされていないとは、いったいどういうことだ。津島さと子という人間がだらしない性格をしているのか、そうでなければ、彼女はアメリカになんか行っていないのだ。

やがて、前を行くタクシーが誠和ハイツに横づけされた。俺も車を捨て、電柱の陰に身を隠した。

待ちながら、小宮山佐緒理が生き返った謎をさらに考えた。

俺が、生きている小宮山佐緒理を最後に見たのが六月二十四日の夕方。彼女の死体と初めて対面したのが翌二十五日の夕方。俺は、だから、彼女はこの間に殺されたと断定した。

だが、よく考えてみろ。俺は死体の体温を計ったか？　硬直の度合いを調べたか？　死《し》斑《はん》を見たか？

否！

だったら、彼女がその一日の間に殺されたとはかぎらないではないか。俺がきっぱり言い切れるのは次の一言だけだ。

六月二十四日の夕方から翌二十五日の夕方にかけて、つまり俺が誠和ハイツ三〇三号室を留守にしていた間に、小宮山佐緒理の死体が出現した。

「ちくしょうめ！　なにが『私を誘拐してください』だっ」

一つの仮説が組みあがった時、俺は思わず叫んだ。猛烈な怒りが湧きあがり、それは俺の体内で痛いほど爆発した。

二十分経ち、さっきの女が階段を降りてきた。黒いワンピースに着替えている。すぐにでも詰問したいところだったが、その衝動をおさえつけ、俺は尾行を続けた。

女は西台の駅前でタクシーを拾った。

車は、中仙道、環七、方南通りと進んでいく。そのテールランプを睨《にら》みつけながら、俺は吠《ほ》えた。

殺してやる。いいや、殺すなんて、そんな甘っちょろい報復じゃ我慢ならん。

俺は絶対にやってやる。それは俺自身のためでもあり、また、一度として会ったことのない小宮山佐緒理のためでもあるのだ。彼女のために、俺は鎮魂曲《レクイエム》を歌うぞ！

津島さと子！　覚悟はいいだろうな。

小宮山隆幸！　てめえもだ。

二人して素っ首を洗って待つがいい！

発端

1

僧侶の声は透きとおっていた。はるかな死者のもとへ届くように、残された者の痛みを癒《いや》すように、いささかのよどみもなく、朗々とした調子で、通夜の経を唱える。

小宮山隆幸にはそれが耐えられなかった。僧侶の発する一語一語が全身を圧迫し、耳の奥底で異常に拡大され、ここまで保ってきた精神のバランスに激しい揺さぶりをかけてくる。

(この坊主は、僕がやったことを一から十まで知っているのではないか。それを糾弾するために経を唱えているのではないか)

白木の祭壇の上では佐緒理が笑っていた。右の目尻《めじり》に皺《しわ》を作り、唇の左端をつりあげて、いつものように笑っていた。

この遺影もまた、小宮山の心を乱した。

新婚旅行でのスナップを引き伸ばしたものだ。この写真を撮った時、小宮山は彼女を愛していた。溺愛《できあい》していた。だから心乱される。悔やまれる。

（どうしてこんな女を愛してしまったのだろう。ほんのいっとき愛してしまったばかりに、僕の心は蝕《むしば》まれ、あの不幸な出来事が起きてしまった）

小宮山は目を閉じた。だが、佐緒理の笑顔は瞼《まぶた》の裏側まで入りこんできた。

（どこまであつかましい女なんだ。おまえは死んでもなお、僕を苦しめようというのか。もうこれ以上まとわりつかないでくれ！）

佐緒理は美しい女だった。

彼女の容姿は小宮山の理想にかぎりなく近く、そんな女性とめぐりあえたことは奇跡と言ってよかった。だが、彼女の外見上の美しさは、小宮山にいっときの優越感しかもたらさなかった。

佐緒理はうるさい女だった。

小宮山が疲れていようが、仕事を抱えて帰ってこようが、そんなことにはおかまいなしにくだらないことをしゃべり散らして、小宮山からやすらぎを奪った。

佐緒理は気まぐれな女だった。

待ち合わせをすっぽかす、ツアーのグループから独りはずれる、夜中に床を抜けて街を徘徊《はいかい》する。

佐緒理は家事のできない女だった。

出来合いのものばかり食卓に並べ、埃《ほこり》が積もっても掃除機をかけず、タオルや下着までクリーニング屋に出した。

佐緒理は金遣いの荒い女だった。流行を追い、定番を押さえ、肌を磨き、痩身《そうしん》を金で買い、見せかけの知性を得るためにカルチャースクールに出入りした。

佐緒理は、要するに、わがままな女だったのだ。

小宮山がそれに気づいたのは、彼女と一つ屋根の下で暮らしはじめてからである。恋人時代の佐緒理は、明るいがうるさくなく、芯《しん》は強いがしおらしく、それはもう良妻賢母タイプに見えたものだ。

実に巧妙な演技だった。小宮山ばかりか、彼の両親も見事にだまされた。鈍感な母は今でも、佐緒理はよくできた嫁だったと信じきっているようで、この通夜の席でも泣きどおしだ。

佐緒理が本性をあらわし、それが小宮山の神経を蝕みはじめても、彼は我慢した。つまらないプライドが彼に忍耐を強いたのだ。佐緒理を罵《ののし》ることはすなわち、人を見る目がなかった自分を罵ることになる。離婚もまたしかりだ。

だから小宮山は、本心をひた隠しに隠して、ものわかりのいい夫を演じ続けた。佐緒理のルールでしゃべらせ、家を守らせ、金を遣わせ——わがままの放し飼いだ。ひどい苦痛だった。ばかばかしく、なさけなかった。

しかしある時期を境に、小宮山の気持ちがふっと軽くなった。家の外にやすらぎができたのだ。やすらぎを与えてくれる女性が。

瞼《まぶた》の裏の佐緒理が語りかけてくる。

(今の気分は、どう？　悪くはないわよね。間抜けな便利屋のおかげで悲劇の主人公になれたんだもの。ほとぼりが冷めたら、あの女と一緒になる？)

小宮山は唇を嚙《か》んだ。嚙んで、嚙んで、血の味がするまで嚙んで、痛みによって佐緒理の幻影を振りはらおうとした。

しかし幻影は消えなかった。それどころか、血の味が濃くなればなるほど、佐緒理の笑顔は鮮やかさを増し、小宮山はいつしか、白檀《びゃくだん》の不思議な香りの中に、あの忌まわしい出来事を思い出していた。

2

あれは六月二十二日のことだった。

その日は土曜日で、午前中だけ会社に顔を出した小宮山は、妻の佐緒理と銀座で落ち合い、彼女の買物につきあった。

風が強い日だった。不吉な予兆のような、妙に生ぬるい南風だった。

二人はデパートを四軒まわり、みゆき通りの紅茶専門店でひと休みした。小宮山はほとんど口を開かなかった。開く必要がなかった。いつもと同じく、佐緒理が機関銃のようにしゃべったからだ。

そう、この時の佐緒理の様子は、いつもと変わりなく見えた。

五時になり、小宮山は席を立った。

「やあねえ、マージャンなんて」

佐緒理は眉《まゆ》をひそめた。

「僕だって嫌さ。しかも徹マンだろう」

小宮山も眉を寄せた。

「じゃあ、行かなければいいのに」

「そうはいかない。これも仕事のうちだ」

「いつもは日帰りでゴルフなのに、どうして今日は徹夜マージャンなの？」

その問いに小宮山はどきりとしたが、

「ゴルフをやらないグループなんだよ」

と、ごまかして、店を出た。

二人はそれから、晴海《はるみ》通りのタクシー乗り場に並んだ。

「帰りは何時ごろになる？」

佐緒理が言った。

「ひる過ぎ、いや、夕方だな」

小宮山は慎重に答えた。

「煙草、喫いすぎちゃだめよ」

「ああ。君も飲みすぎないように」

佐緒理はこれから、学生時代の友人宅でカラオケ・パーティーだとかで、一週間前からはしゃいでいた。

「負けちゃだめよ」

「今日は負けだ」

「勝負の前からそんな弱気でどうするの」

「仕方ないだろう。負けることが接待なんだから」

小宮山は肩をすくめた。

「ばっかみたい」

「まったく」

二人は顔を見合わせて笑った。どうにか切り抜けられたなと小宮山は安堵《あんど》した。

間もなくタクシーがやってきて、二人は別れた。小宮山は、佐緒理の姿が見えなくなるまで手を振り続けた。

「奥さんですか？」

運転手が言った。

「ええ」

「綺麗《きれい》な方ですね」

小宮山は曖昧《あいまい》に笑った。

「言うことありませんな。奥さんは美人、お二人の仲は睦《むつ》まじい」

小宮山はもう一度曖昧に笑い、そして溜《た》め息をついた。

愛想のよすぎる運転手と小一時間つきあい、小宮山は誠和ハイツの前で車を降りた。軽やかな足取りで階段を昇り、三〇三号室のチャイムを鳴らすと、

「いらっしゃい」

快い声とともにドアが開き、エプロン姿の女性が顔を覗《のぞ》かせた。

小宮山はやわらかく彼女を見つめ、津島さと子も微笑んで彼を見つめた。

そして抱擁。熱く、長く、彼女があえぐほどに。

「あー、腹減った。今日のごちそうは何かなあ」

体を離すと急にばつが悪くなり、小宮山はそんなことを言いながら、ガス台に近づいていった。

「おっ、うまそうなかぼちゃ」

鍋《なべ》の蓋《ふた》を開け、手を突っこむ。

「だめ。お行儀悪いんだから」

その手をさと子が叩《たた》いた。

「腹ぺこで死にそうなんだ」

「もう少し待ちなさい」

「昼飯抜きなんだ」

「自業自得よ」

「僕は悪くない。あいつのせいで食べそびれたんだ」

小宮山は顔をしかめた。「あいつ」とはもちろん佐緒理のことである。

「あいつが待ち合わせに遅れてきたものだから、行こうと思っていた店が休憩時間に入ってしまった」

「ほかのお店で食べればよかったのに」

「今日はその店で食べたかったんだと。そこでなけりゃ食べる気がしないんだと」

小宮山は苦々しく吐き捨てた。

「奥さん、あいかわらずね」

さと子は、ふふっと笑いながら菜箸《さいばし》を手にすると、かぼちゃを一つ、小宮山の口に運んだ。言いようのないやすらぎが彼の口中に広がった。

やがてテーブルに並べられた品々も、決して豪華ではないが、手作りの、心のこもった、おいしい料理だった。小宮山は心から笑い、気がねなくしゃべることができた。そこには、彼が望んでいた家庭の空気があった。

しあわせを噛《か》みしめながら、小宮山は栗原維に感謝した。津島さと子とこういう関係になれたのも、遡《さかのぼ》れば彼のおかげなのだ。

「コーヒーがいい？　それとも紅茶？」

食卓が片づくと、さと子が言った。

「コーヒーにしようかな。フレンチで」

小宮山は答え、トイレに立った。

ドアを閉めた時、チャイムの音が聞こえた。「回覧板です」という女の声もかすかに聞こえた。

トイレを出てダイニングキッチンに戻り、小宮山は戦慄《せんりつ》した。全身から血が引いていくのを感じた。

玄関に佐緒理が立っていた。血走った目をかっと見開き、それに射すくめられたさと子はぶるぶる震えていた。

「こんばんは」

佐緒理は小宮山の姿を認めると、恐ろしい表情をやわらげ、ニッと笑った。小宮山の背筋が凍った。

佐緒理は小宮山を見据えたまま後ろ手にドアを閉め、靴を脱ぎ、さと子を押しのけ、じりじりと足を運んだ。何も言わない。ただ不気味な笑みを小宮山に送り続ける。

「どうして」

沈黙に耐えきれず、小宮山はつぶやいた。

「私がそんなばかだと思った？」

「興信所に調べさせたのか？」

「自分で調べたわよ。あなたをつけまわして」

「今日はパーティーじゃなかったのか？」

動転した小宮山は、そんな愚かな質問を発した。

「嘘に決まってるじゃない。あなたがこの女と逢《あ》うよう仕向けたのよ」

佐緒理は満足そうに言った。

「卑怯《ひきよう》だわ」

さと子が震える声で言った。

「それはこっちの台詞《せりふ》でしょう！」

佐緒理が一喝した。

「人の亭主を横取りしておいて、あんた、どういうつもりよ」

そう言いながらさと子に近づいていき、彼女の頬を平手ではたいた。眼鏡が飛んだ。

「やめろ」

小宮山は二人の間に割って入った。

「あなたもあなたよ。こんな女といちゃいちゃして、私のどこが不満なの？」

怒ったように、あきれたように佐緒理が言った。刹那《せつな》、小宮山の中で箍《たが》がはずれた。

「全部だ」

圧《お》し殺した声で応じると、たまりにたまっていた感情を一気にほとばしらせた。そのわがままさかげんを教えてやった。

みるみる、佐緒理の顔色が変わった。額とこめかみに醜い青筋が立ち、唇が色を失い、痙攣《けいれん》するように震えた。

小宮山は取り憑《つ》かれたようにしゃべった。怨《うら》みつらみを叩きつけるうちに、フィードバックしてきた言葉に自分も酔い、全身が火のように熱くなり、涙さえにじんだ。だから、佐緒理の異常な行動に気づくのが遅れた。

「やだっ」

というさと子の声でわれを取り戻すと、佐緒理の左手に庖丁《ほうちょう》が握られていた。

「ばかなまねはよせ」

小宮山は言った。佐緒理はゆっくりと庖丁を振りあげた。

「落ちつきなさい。話し合おう。話せばわかる。な？　だからそれを置きなさい」

小宮山は必死に説得した。だが佐緒理は聞く耳を持たない。ずいと小宮山を押しのけてさと子に向かった。あまりの恐怖に、さと子は身動きひとつとれない。

「やめろ」

小宮山は両手を広げて佐緒理の前に立ちはだかった。だめだ。目が据《す》わっている。

「庖丁をよこせ」

そう言って小宮山は、両手で佐緒理の左手首を摑《つか》み、左右に振った。

「放してよっ」

佐緒理の右手が小宮山の手首にかかった。日ごろの彼女からは想像もできない力で押し返してくる。

「さあ、危ないものは置いて。冷静になって話し合おう」

小宮山は穏やかに言った。

「放してったら！」

叫びざま、佐緒理は体を左に振った。小宮山の左手の甲が冷蔵庫の取手を直撃した。その痛みに、小宮山の握力が失われた。

次の瞬間、小宮山の鼻先を何かがかすめた。躱《かわ》す余裕はなかった。あっと思った時にはもう、小宮山の右の手首がまっ赤に染まっていて、それは瞬く間に掌へ広がり、五本の指を伝い、ぼとっ、ぼとっと床の上にしたたり落ちた。

赤い斑点《はんてん》の間に庖丁が落ちた。血を見て、佐緒理が正気に戻ったのだ。

だが今度は小宮山が逆上した。

佐緒理のブラウスの襟元を左手でわし掴みすると、手首をきつくひねった。関節がそれ以上回らなくなっても、なお力を加え続けた。ブラウスの襟が彼女の首に食いこむ。

佐緒理は激しく抵抗した。両手をばたつかせ、小宮山の頬を叩いた。しかし小宮山は力を緩めなかった。左手一本でブラウスの襟を絞めあげた。

やがて、紫色に膨れあがった顔が、かくんと後ろへ倒れ、同時に、二人は抱き合うような恰好《かっこう》で床に崩れ落ちた。

そのショックで小宮山は正気に返った。左手の力を緩め、襟元から放し、

「おい……」

と、ぐったりした体を揺さぶる。頰を叩く。

返事はなかった。

唾液《だえき》と鼻血で汚れた口元に耳を寄せる。脈をとる。

佐緒理は絶命していた。

生唾《なまつば》を飲みこみながら、小宮山は振り返った。放心した表情のさと子が食器棚にもたれかかっていた。カタカタとガラスが鳴っている。小宮山は立ちあがった。

ふっ、と目の前がまっ白になり、気がつくと、床に尻餅《しりもち》をついていた。

貧血――？　ああそうだった、自分は傷を受けたのだ。

興奮のためか、痛みはないけれど、おびただしい数の斑点が床を汚していて、小宮山の右手首からは今なお、激しい鼓動と調子を合わせて、まっ赤なものがあふれ出ていた。

「タオルだ。タオルを、早く」

小宮山は叫ぶように言った。われに返ったさと子がタオルを持ってくると、それを裂き、右の二の腕を縛るよう命じた。

「救急車を呼んだほうが……」

縛り終えると、うわずった声でさと子が言った。小宮山はそれに答えず、

「タオルをもう一枚」

と命じ、それを傷口に巻かせた。

「近くに外科は？」

小宮山は尋ねる。

「あるけど……」

「連れていってくれ」

ゆっくり腰をあげる。ふらついたが、どうにか立つことができた。ズボンに目を落とす。たっぷりと血を吸っていたが、生地が紺色なので、さほど目立たない。

「救急車を呼びましょう」

さと子が不安そうに言う。ほとんど泣き声だった。

「だめだ」

小宮山はきっぱり言って、

「玄関を開けてくれ。と、その前に背広を着せてくれ。背中にかけるだけでいい。さあ、早く」

荒い息でそう続けた。さと子はもう何も言わず、小宮山に従った。

治療は偽名で受けた。

傷は意外と深く、十二針縫った。神経に障害が出るかもしれないとも言われた。

病院を出ても二人の足は誠和ハイツに向かなかった。まるでうぶな中学生のデートのように、手もつながず、目も合わさず、言葉もかわさず、ただ黙々と、あてなく足を動かした。

歩き疲れてふと見ると、二人は浮間《うきま》ヶ池のほとりにたたずんでいた。近くにテニスコートが見えるが、球を打つ音は聞こえない。

二人はベンチに腰を降ろした。小宮山はさと子の肩を抱き、さと子も小宮山の腰に腕を回した。二人は、しかし、あいかわらず押し黙ったままで、墨を流したような池の面に目を落とし、それぞれの考えに耽《ふけ》っていた。

ずいぶん時間が経ってから、さと子がぽつりと言った。

「どうするつもり？」

小宮山は答えない。答えられない。

「自首する？」

小宮山はかぶりを振った。そのつもりがあれば救急車を呼んだ。

「人目に触れない場所に死体を隠して、奥さんは失踪《しっそう》したことにする？」

小宮山はうなずいた。

「奥さん、ああいう性格だったから、突然姿を消しても、まわりはいちおう納得するわよね」

うなずく。

「けれど、その怪我では死体を動かせない。ハンドルも握れそうにない。私ががんばって車まで死体を運んだとしても、私は免許を持っていない。怪我が治るまで待つ？　でもこの蒸し暑い季節のこと、待っている間に死体が腐って、その臭いが部屋の外まで流れ出して、隣近所に不審を抱かれるかもしれないわ」

まったくそのとおりである。だから小宮山は頭を抱えている。

またしばらくしてから、さと子が言った。

「自首は?」

小宮山は強く首を振って拒んだ。

「そう……」

そしてまた沈黙。力ない二つの息づかいだけが生ぬるい夜の闇を震わせた。

「とりあえず、泊まるところを探そう」

不毛な、ただ苦しいだけの沈黙にたまりかねて小宮山が立とうとした時、

「もう一度訊《き》きます。自首するつもりはありませんね?」

さと子がみたび言った。

「ああ」

「自首すれば罪を軽くしてもらえるかもしれないわ。それにあの場合、正当防衛ということになるんじゃないかしら。それでも自首はしない?」

母が子を諭すような調子だった。

「正当防衛だろうがなんだろうが、殺したことには変わりない。そんなことが公になったら、僕も、会社も、破滅だ。親や兄弟にも、これからずっと肩身の狭い思いをさせることになる」

小宮山は額に手を当ててうつむいた。するとさと子は小宮山から体を離して、彼の正面

にしゃがみこんで、

「小宮山さん。あなたと私の運にすべてを託す勇気がありますか?」

あらたまった調子で、妙なことを言った。小宮山が意味を悟りかねていると、

「二人の運が強ければ、この絶望的な状況を切り抜けられます」

と続けた。小宮山は首を突き出して、

「何か策があるのか?」

藁《わら》にも縋《すが》る思いで尋ねた。さと子はそれにうなずき、

「便利屋って知ってる?」

「え? ああ、なんでも屋ね。あいつもよく、うちの掃除をさせていた」

「便利屋をうまく利用しましょう」

「ん? おい、まさか、便利屋に、死体を隠してくれと頼むんじゃないだろうな。冗談はよせ。いくら、なんでもやりますを看板にしていても、そんな注文に応じるわけがない。断られるばかりか、警察に通報されてしまう」

小宮山は血相を変えた。

「もちろんよ。死体を隠してくれ、なんて言わないわ」

「じゃあ、何を頼むんだ?」

さと子は、ふうっと息をついた。そして祈るように両手を組み合わせ、言った。

「誘拐」

「誘拐？」

小宮山はきょとんとした。

「奥さんを誘拐させて、あの死体を処分しなければならない状況に追いこむの」

ますますわけがわからない。

「私が奥さんに化けて便利屋を訪ね、こう言うの。『私を誘拐してください』」

さと子はそして、何かに取り憑《つ》かれたような表情と口調で、驚くべき計画を語りはじめた。

「つまり、狂言誘拐を手伝ってくれと頼むの。理由は……、あとでちゃんと考えるけど、今すぐ思い浮かぶところでは、主人の愛を確かめたくて、ってとこかしら。

とにかく、嫉妬《しっと》に狂った奥さんを演じて、主人をちょっとだけ脅してちょうだい、ただ電話をかけるだけだから警察に捕まることはない、と言ってうまく丸めこむ。犯罪の依頼ではあるけれど、その安全さを強調して、それなりのお金を渡せば、きっと応じてくれると思う。

そうしたら次に、脅迫電話をかけ終えたら誠和ハイツ三〇三号室に来てくれと頼むの。その部屋には友だちが住んでいるのだけど、さいわい彼女は旅行中なので、誘拐されている間、そこに身を隠している、なんてでたらめを言って」

小宮山はようやく、さと子の考えがわかってきた。

「で、便利屋は、言われたとおり私の部屋にやってきて、死体を発見する。そして私が殺されたものだと信じこむ。

私は奥さんと歳が一緒だし、体型も、奥さんにはかなわないけれど、まあ近いでしょう。そしてあなたが言うには、顔の感じも似ている。私は少しもそう思わないけど」

たしかに。

さと子とはじめて体を合わせた時、小宮山はショックを受けた。眼鏡をはずした彼女の顔に、佐緒理の顔が二重写しとなったのだ。

そっくりというわけではない。人によっては、まったく違うと言うだろう。だが小宮山は瞬間的に悟った。二人の顔は共通の空気を醸しており、自分はそれに惹《ひ》かれて佐緒理を愛し、今度はさと子を愛そうとしている。あのわがまま女と対照的な性格に惹かれたつもりだったのだが、実はわれ知れず、外見上の好みが大きく作用していたのである。

「とにかく、奥さんと私は雰囲気が似ているから、便利屋は絶対にだまされる。依頼にきた女と死体とを同一人物とみなす。奥さんをよく知っている人には通用しないでしょうけど、見ず知らずの人が相手ですもの。だいじょうぶよ。死体の顔をじっくり観察することもないでしょうし。

さて、死体を発見した便利屋はどうするかしら。警察に通報する？　私は、しないと思う」

さと子は、自らの考えを咀嚼《そしやく》するように、ゆっくりとしゃべった。

「自分が誘拐した人間が死んでいるのよ。もちろん、誘拐は狂言だし、彼は頼まれて脅迫電話をかけたにすぎない。けれど警察にそう申し立てたところで、はたして信じてくれるかどうか。彼の潔白を証明できる唯一の人間は死んじゃってるんだから。警察は、誘拐は現実に行なわれたと断定し、彼を殺人犯としてしまうわ。

　それに誘拐殺人の疑いが晴れたところで、彼の脅迫電話が彼女の家族を苦しめ、警察を惑わせたのはまぎれもない事実でしょ。刑罰はごく軽いものですむかもしれないけれど、世間が許さないわ。商売が廃業に追いこまれるばかりか、ほとぼりが冷めるまでは、ほかの仕事にも就けない。

　便利屋は、そこで、いっさいを闇に葬ってしまおうと考える。人知れず死体を運び出し、人目に触れない場所に隠してしまえば、誘拐殺人の濡《ぬ》れ衣を着せられることも、世間の非難を浴びることもない。

　どう？　違う？」

　さと子の血走った目が、乱れた息が、小宮山にふりそそいだ。小宮山はしばらく黙っていたが、

「しかし」

　と言った。

「妙案だとは思うが、確実性に欠ける」

「それは……、仕方ないわ。最初言ったように、これは賭《かけ》だもの」

「出発点からしてそうだ。便利屋が誘いに乗ってこなかったらどうする。じゃあ別の便利

屋をあたりましょう、というわけにはいかないだろう」

「私、うまくやる。必ず引き受けさせてみせる」

と、さと子は、小宮山の膝《ひざ》の上で両手を重ねた。

「仮に便利屋が乗ってきたとしてもだ、そいつがこちらの思惑どおり動くとはかぎらない。自分を捨て、警察に届けたらどうなる？　死体をほったらかしにして君の部屋から逃げだすかもしれない」

小宮山は考え考え続ける。

「あるいは……、そう、便利屋をはめる一方、小宮山佐緒理は誘拐されたまま消息を絶ったと世間一般に思わせる必要がある。そのためには、便利屋の脅迫を受けた後、僕が警察を呼ばなければならない。僕ははたして警察を相手にうまく演技できるだろうか」

「気持ちを集中させていればだいじょうぶ」

「僕の演技が通用したとしても、便利屋が警察に捕まったら一巻の終わりだ」

「便利屋はほんの二、三回脅迫電話をかけるだけよ。身代金を奪うために人前に姿を現わすことはない。よっぽど間が抜けていないかぎり捕まらないわ」

小宮山はなるほどと思ったが、

「失敗の可能性はまだある。いずれ誘拐事件は報道され、佐緒理の顔写真が新聞やテレビに出る。それを見た便利屋は何と思う？　顔の違いに気づくかもしれない。死体の顔はじっくり見ないと思うが、新聞やテレビは、それこそ食い入るように見るはずだ」

「写真だから実物とは違う、と解釈するわ」

「そうかもしれない。が、そう解釈しなかった場合が問題だ」

「でも警察には何も言わない、言えないわ。自分はすでに犯罪の片棒をかついでしまったのだから」

「だが、その便利屋にも良心はあるだろうから——」

「もう！　あなたって、どうしてそう悲観的なのよっ。どうして成功することを考えないの？　二人の運がよければ成功するのよ」

さと子はとうとう癇癪《かんしゃく》を起こした。

「やめてくれ」

小宮山も負けずに怒った。拳《こぶし》を振り立てて言う。

「君はことの重さをわかっているのか？　さっきからなんだ、賭だ、運だって、無責任な台詞《せりふ》を繰り返して。ゲームじゃないんだぞ、これは」

「無責任だなんて、そんな……」

さと子の顔がゆがんだ。

「君は何もしていないから、殺したのが自分じゃないから、そうやって無責任に考えられるんだ。僕の身にもなってみろ」

「じゃあ訊きますけど、ほかにいい方法がある？」

さと子が低くつぶやいた。小宮山は、うっと喉《のど》を鳴らし、沈黙した。

「私たちは死体を動かせない。便利屋にやらせるのもだめ。じゃあどうするの？　死体が腐っていくさまを、臭いが流れ出していくのを、このまま指をくわえて眺めているつもり？」

小宮山はたじろいだ。

「あなたはさっき私のことを、無責任だとなじったけれど、とんでもない誤解だわ。自分さえ助かればいいと思っていたら、今すぐ警察へ駆けこむ。そしたら、あなたは捕まるけれど、何もしていない私は無罪。便利屋を動かしてみて、それが失敗したら、私も罪を問われてしまうのよ。それを承知で便利屋を動かしましょうって言ってるのよ。あなたと一緒に助かりたいから。けれど、あなたはいやだと言う。潔く自首するのもいや、運に賭けるのもいや。だったら、警察がやってくるのを指折り数えて待つしかないわね」

声こそひそめていたが、調子は実に厳しかった。

小宮山は気圧《けお》されて言葉もなかった。普段おとなしい彼女がここまで言うとは思ってもみなかったし、その強い意志に心打たれもした。

長い間を置いて、小宮山は言った。

「二人の運を信じよう」

そう応《こた》えざるをえなかった。

3

通夜の法要が終わり、カメラの放列からも解放されると、小宮山は独りになった。祭壇の前では通夜ぶるまいが行なわれていたが、笑顔で思い出話につきあう気には、とてもなれなかった。とりわけ佐緒理の両親には合わせる顔がなかった。

小宮山は思う。

あれは不可抗力だったのだ。

自分は佐緒理を憎んでいたけれど、殺意は持っていなかった。手首を切られたことで、ついカッとなり、彼女の胸倉を摑《つか》んでしまったのだ。そう、自分としては、死にいたるまで首を絞めるつもりなど毛頭なかった。

だから、小宮山は思う。

自首が最善の道だったのではないか。

ありのままの事実を申し立てれば、それなりに情状酌量されたと思うし、同時に心も軽くなったのではないだろうか。たとえマスコミの恰好《かっこう》の餌食《えじき》にされ、会社の経営に影を落としたとしても。

しかしあの時の小宮山は正常な判断力を失っていた。首吊《くびつ》りのロープが眼前にちらついた。何がどうあっても死刑台に送りこまれると恐れおののいた。

異常だったのは小宮山だけではない。津島さと子もまた、狂っていた。どこか狂っていたからこそ、あのようなとんでもない隠蔽《いんぺい》工作を考えついたのだ。

さと子のプランは悪くなかった。途中、次から次へと不測の事態が発生し、冷や汗のかきどおしだったが、結局は二人の運が勝ち、死体を搬出、遺棄させることができた。

しかし常人の意識を取り戻した今、小宮山は思うのだ。

警察の捜査はこれで打ち切られたわけではない。犯人が見つかるまで続けられるのだ。となると自分はこれからずっと、警察の影に怯《おび》えながら生きることになる。毎日毎日、一週間、一ヵ月、一年——、逮捕されるか、時効が成立するその日まで。

やはり、小宮山は思う。

いっそあの時自首しておけばよかった。

だが、罪に罪を重ねてしまった今となっては、もう遅い。

「やあ、こんなとこにいたか。義姉《ねえ》さんの友だちが来てるんだけど、兄さんに一言挨拶《あいさつ》したいって」

と言って弟の正志が現われたのは、午後十時前のことである。

小宮山は気が重かったが、わざわざ北海道から駆けつけてきたとのことだったので、二階の、かつて自分の城だった部屋を出て、下の座敷へ降りていった。

祭壇の前に黒いワンピースの女が座っていた。敬虔《けいけん》なカトリック教徒のように、顔を黒いベールで覆っている。

「遠いところ、ありがとうございます」

そう言いながら小宮山が両膝《りょうひざ》をつくと、女はつと振り返って、

「このたびはご愁傷さまです」

小宮山はあわてた。ベールの奥から津島さと子の顔が覗《のぞ》いたのだ。

「お線香、あげさせていただけますか？」

「あ、はい。あげてやってください。遠いところ、わざわざ、どうも」

小宮山はしどろもどろ応じた。さと子の唇が「あとで」と動いた。

さと子はそれから、佐緒理のコンパニオン時代の友だちを装って、小宮山や佐緒理の両親を相手に悔やみをのべたり、でたらめな思い出話を聞かせたりしたが、やがてちらりと時計に目をやって、

「そこの通りでタクシーがつかまるかしら」

と独り言のように言った。

「あの、よろしかったら駅まで送りましょう。僕も煙草を買いにいこうと思っていたところですし」

小宮山はすかさず応じて先に立った。

ガレージからボルボを出し、さと子を助手席に乗せたところで、小宮山は言った。

「ここに来たらまずいだろう。さっきまで刑事がいたんだぞ。新聞社やテレビ局の連中も。君の存在は絶対に知られちゃならないんだ。わかってるだろう」

「だからこれをしてきたんじゃない」

と、さと子はベールをはずした。

「それにしてもだな――」

「大切な話があったのよ」

「電話をかければよかった」

「電話じゃできない話なの」

「まず電話をかけて、それから外で逢うようにすればよかった」

「法要とぶつかったらまずいと思ったのっ。電話に出られないでしょう」

さと子は怒ったように言った。

小宮山の心中に不安が広がった。そんなに急を要する話とは、いったい――。

「彼に感づかれたわ」

さと子が険しい声でつぶやいた。

「彼?」

「便利屋よ」

「な、なんだって?」

小宮山はびっくりしてブレーキを踏んだ。

「ついさっきよ。渋谷の駅前で、彼とばったり。彼は言ったわっ『小宮山佐緒理さんでしょう?』って」

「それで君は何て答えたんだ？」

「何も答えられないわよ。ただもうびっくりして逃げだした」

「だめじゃないか。何も言わずに逃げたら怪しまれるだろう」

「そんなこと言ったって、不意に現われて、『小宮山佐緒理さんでしょう？』なのよ。頭の中がまっ白になって、何て言い訳していいか……」

さと子が両手で顔を覆った。

「しかしまあ、それで便利屋がすべてを知ってしまったともかぎらないし……」

力なく言って、小宮山は車を発進させた。

「だめよ」

さと子が顔をあげた。

「おとといからアクト・プロモーション宛に変な電話がかかってきてるの」

「変な電話？」

「社長の栗原さんを出せとか、栗原さんの自宅を教えろとか、それから、無言電話も何度かあった」

「まさか、それ……」

「そうよ。あれはきっと彼だわ。事件の真相を探りにかかっていたのよ。そんな時に私の顔を見て、何とも思わないはずがない」

小宮山はふたたび車を停めた。ハンドルに体をあずけて考える。

便利屋はどうやってアクト・プロモーションやメトロ秘書センターの存在を知ったのだろう。いや、今さらそんなことを不思議に思ってもはじまらない。問題は、これからどうするかだ。

「荏原へ行って」

さと子が唐突に言った。抑揚のない、低い声だった。

「荏原……、便利屋の事務所か？」

「そうよ」

「行ってどうする」

「決まってるじゃない。彼を黙らせるの」

「今はたいした金を持ってないぞ」

「お金を渡してどうするの。お金じゃ解決できないわ。考えてもみてよ、相手はがりがり亡者、狂言誘拐に便乗して身代金を奪い取った男よ。一度お金を渡したら、それに味を占めて一生つきまとってくる。絶対に」

「じゃあ、どうするんだ」

「もー。どうする、どうするって、わかってるくせに言わないでよ。こうなったらもう殺すしかないでしょう」

小宮山はたじろいだ。さと子は目をつりあげて続ける。

「でね、ここに来る途中いろいろ考えたんだけど、ただ殺すだけでなく、偽の遺書を作って、自殺に見せかけるのがいいと思う。

小宮山佐緒理さんを誘拐し、殺したのは私です。罪の重さに耐えかねて自殺します。

遺書の内容はそういったところ」

小宮山は一言もなかった。

遺書を見つけた警察は録音テープ――伝言ダイヤルに入っていた脅迫――を便利屋の知り合いに聞かせる。当然、テープの声と便利屋の声の同一性が認められ、便利屋を誘拐殺人の犯人と断定する。その結果小宮山は警察の影から解放される。

「自殺に見せかけて殺すといっても……、毒でもないかぎり、それはむずかしいんじゃないだろうか」

少し考えてから、小宮山は言った。首吊りや身投げの偽装は簡単に看破《みやぶ》られるような気がした。

「毒なら、もう用意してある」

「え？」

「睡眠薬よ。あれからずっと眠れなくて、知り合いの医者に処方してもらったの」

薬袋を握りしめ、さと子は溜《た》め息をついた。

「だが、睡眠薬で殺せるだろうか」

「殺せるわよ。睡眠薬自殺って、よく聞くじゃない」

「あれは自分で服《の》むからいいんだ。相手に気づかれないように服ませられるだろうか」

「食べ物か飲み物に混ぜればいいわ」

「いや、そう簡単にはいかない。青酸カリやニコチンなんかと違って、相当な量服ませないことには死んでくれないぞ。君が持っているだけでは足りないかもしれない」

「じゃあ、ガス自殺させましょう。睡眠薬を服ませてガス栓を開く」

「だめだ。今の都市ガスは人を殺す力を持っていない」

「嘘」

「本当だ。中毒を引き起こす一酸化炭素が入っていないんだ」

「じゃあ……、そう、排気ガスよ。車の中で眠らせて、そこに排気ガスを送りこむの。排気ガスなら死ねるんでしょう?」

「まあ、それは」

小宮山は口ごもった。

「さあ、車を出して」

さと子が言う。

「これから……、やるのか?」

小宮山はまだふっきれない。

「もちろんよ。ぐずぐずしてたら警察に駆けこまれる。さあ早く」

「今すぐはだめだ。君を駅まで送ると言って出てきたんだ。いつまで経っても帰らないと変に思われる」

とりわけ、妙に頭の働く正志に。

「いったん帰って出直してきて」

「今晩は無理だって。通夜をほっぽりだすわけにいかない」

「じゃあ明日」

「明日は告別式だ。焼き場にも行かなければならない」

「夜なら出られるでしょう。そう、明日の晩にしましょう。それまでに私、遺書の文面を考えておく」

言って、さと子は小宮山を凝視した。

小宮山は恐怖に抱きすくめられた。明日の晩も恐ろしかったが、それ以上に津島さと子という女に戦慄《せんりつ》を感じた。

この女はどうして、追いつめられた時、異常に頭が回転するのだ。佐緒理を殺した直後もそうだった。それとも根っからの毒婦なのだろうか。

返事を保留したまま小宮山は車を出した。車は無言で疾走し、永福町駅に着いた。

別れ際、さと子が言った。

「私は繰り返し自首を勧めたのよ。なのに、それをかたくなに拒んだのは誰？　もう戻れないでしょう。私だってそうよ。誰かさんと運命をともにするために罪を犯したんだもの。前へ進むしかないわ」

小宮山はわが身を呪った。女運が悪い、いや、女を見る目がない自分を。

敗北

1

七月十三日。

その日は土曜日だったが、俺は後楽園の黄色いビルには行かなかった。前夜、津島さと子の尾行を永福の小宮山家で打ち切ったあと、すぐ事務所にこもり、ひたすら考え続けていた。

俺の推理は正しいのか。またいつものように早とちりしているのではないか。

十五杯目のコーヒーで胃をいじめていると、電話が鳴った。津島さと子からだった。

「ごめんなさい」

彼女は言った。

「ひどいことを押しつけてしまって」

とも言った。

「もう、何もかもおわかりなんでしょうね」

「何のことでしょう」

俺はとぼけた。

「あのう……、警察には？」

「警察がどうしました？」

「届けていませんよね？」

「何か落とし物でもしました？」

受話器を通じて、安堵《あんど》するような溜《た》め息が漏れ聞こえた。

「あの、それで、話を聞いていただきたいのですが。何もかもお話しします」

「どうぞ。お話しください」

「電話では、ちょっと」

「どこに行けばいいのです？」

「いえ、私がそちらにうかがいます。小宮山さんと一緒に」

「あ、そうですか」

「今晩、よろしいでしょうか？」

「ええどうぞ」

「それでは今晩十時におうかがいします。決してあなたの悪いようにはいたしませんので、どうか警察には黙っておいてください」

それで電話は切れた。

ふん。金でかたをつけようという腹づもりか。どこまでも汚いやつらだ。だがな、そうはいかないぜ。

時計を見る。午前八時。約束の時間まで十四時間もある。

さて、どうやって料理してやろう。

2

午後十時ちょうど、事務所のドアが控え目に叩《たた》かれた。

「どなた？」

「小宮山です」

「ああ、小宮山さんね。小宮山さん、小宮山さん、と。はいはい、ただいま開けますよ、小宮山さん」

俺は必要以上の大声としつこさで復唱してソファーを離れた。

ドアを開けると、立派な身なりをしているけれどひどく頬のこけた男と、外見だけはとびきり美しい女とが、寄りそうようにして立っていた。

「はじめまして」

小宮山隆幸が言った。おお、そうかそうか。直接顔を合わせるのはこれがはじめてだったか。

「その節はお世話になりましたね」

俺はニッと笑って軽いジャブを当てた。

さあ、最終回《ファイナル・ラウンド》のはじまりだ。完膚なきまでに叩きのめしてやるぜ。

「ま、立ち話もなんですから、中へどうぞ」

そして俺たちはおんぼろソファーに差し向かったのだが、腰を降ろすなり小宮山が、

「お収めください」

と分厚い封筒を差し出してきた。

中を見ると、一束の一万円札が詰まっていた。やはり金で釣ってきたか。

「何です、これは」

俺はそっけなく言った。

「お近づきのしるしです。どうかお収めください」

「なめるのもいいかげんにしろ！　ガキの小遣いじゃないんだっ」

怒鳴りざま、封筒を投げつける。「きゃっ」と言って小宮山佐緒理、いや、津島さと子が飛びあがった。

「いや、これは、ほんのご挨拶《あいさつ》がわりでして、後日また持ってまいります」

封筒を拾いあげ、小宮山が言う。

「なめるんじゃねえって言ってるだろう！」

俺は小宮山の胸倉を摑《つか》んだ。

「金を出す前に何か言うことがあるだろうが。あん？」

「た、大変ご迷惑をおかけしました」

蒼《あお》ざめた顔で小宮山が言う。

「けっ。今さら詫《わ》びを入れても許さねえぜ。さんざん虚仮《こけ》にしやがって、まったく」

「ですから、つぐないは十二分にさせていただきます」

「ふん。まあいい。金の相談はまたあとでするとして、ともかくも一から説明してもらおうか。いいか？　包み隠さず話すんだ。この期に及んででたらめ言ったり、自分を正当化しようとしたりしたら承知しねえぞ」

俺は小宮山から手を放した。ふんぞりかえってショートホープをくわえる。

「最初からお話しすると長くなりますが」

「かまわんさ。明日の朝まででもつきあってやる」

「あのう、お茶を淹《い》れますけど、どちらがよろしいでしょうか」

津島さと子が言って、手さげ袋から、インスタントコーヒーと紅茶のティーバッグを取り出した。ずいぶん用意がいいじゃないかと、やや妙に思ったものの、芝居に熱中していた俺はそれ以上考えようとはせずに、

「そんなもの飲めねえよ。バーボンはないのか？」

と彼女に向かって煙草の煙を吐き出した。

「あ、はい。買ってきます」

「ワイルド・ターキーだぞ。十二年ものの」

津島さと子があたふたと出ていく。

「さて。話してもらおうか」

俺は小宮山にも、癌の素がたっぷり詰まった副流煙を浴びせてやった。

「ええと、何からお話しすればよろしいでしょうか」

「そうさな、栗原維《たくら》について語ってもらおうか。彼はこの事件とどうかかわっているんだ？　あんたらの企みはおおむね察しているんだが、それだけが、ちょいわからない」

「栗原は今回のことと無関係です。彼は何も知りません」

「じゃあどうして、彼が借りた部屋にあんたの女が住んでいる？」

すぐに返事はなかった。小宮山は眉尻《まゆじり》に指を当てて考えこんだ。

「あれは大学二年の時でした。同じ学部の栗原を中心に何人か集まって、株式投資の会社を興しました」

やがて、ぽつぽつと語りはじめた。

「私は最初、彼の誘いに気乗りしませんでした。株なんてまるで興味なかったし、会社の作り方も知らない、だいいち学生の分際で会社を興して借金でも抱えようものなら、親に申し訳がたたない。けれど栗原が、資本金は自分が集める、借金も一人でかぶる、名前を貸してくれるだけでいい、と強く言うもので、まあそれならと発起人の一人に名を連ねました。

ところが、いざはじめてみると、株というものは実におもしろい。私は講義もゼミもそっちのけで、キャンパス近くのアパートに借りた事務所にこもりきったものです。そして実に儲《もう》かりました。机一つ電話一本ではじめた会社にはいつしか、当時はまだ非常に高価だったファクシミリが入り、パソコンが三台も並び、営業車の名目で外車を買い、社員旅行でヨーロッパにも行きました」

「その会社がアクト・プロモーション？」

小宮山がうなずく。

「そうやって二年ほど楽しく過ごしたあと、私は父親の会社に入りました。私以外の社員も――ほとんどが幽霊社員でしたが――卒業と同時にアクト・プロモーションを離れました。しかし栗原だけは就職せず、独りでアクト・プロモーションを続けました。

社員の補充はしなかったようです。そしてどんなに儲かろうとも、駒場の古びたアパートを動こうとしませんでした。おごらないように、原点を忘れないように、と自らを戒めていたのでしょう。

それはさておき、栗原は独りになってもしごく順調に仕事を続けていたのですが、昨年の春、ちょっとした不幸に見舞われました。父親が心筋梗塞《しんきんこうそく》で倒れまして、さいわい命には別状なかったものの、一人っ子の彼は、どうしても郷里へ帰って家業を手伝わなければならなくなったのです。

彼はその時、私に三本の鍵《かぎ》を託して言いました。

『この商売の強みは電話一本でできることや。大阪に行っても続ける。家業の方は二、三年でかたをつけて、必ずまた戻ってくるよって、それまで留守を頼んだで』

私が預かった鍵の一本は、駒場の事務所のものです。けれどそちらには顔を出す必要はありませんでした。荷物は大阪に運ばれていたし、電話もメトロ秘書センター経由で栗原に届くようになっていましたから。

残る二本は誠和ハイツ三〇二号室、三〇三号室のもので、私は週に一度、両方の部屋の空気を入れ替えるために通いました。

そこはアクト・プロモーションの社宅として借りられていましたが、実際には誰も住んでおらず、美術品の倉庫として使用されていました。絵画、彫刻、掛軸、翡翠《ひすい》の香炉、象《ぞう》牙《げ》の置物——。栗原がはっきり言わないので、それらが投機を目的としたものなのか、ただたんに金に飽かせて集めたものなのかはいまだにわからないのですが」

小宮山はちょっと困ったような顔をして言葉尻を濁した。

なるほど。栗原維に管理を頼まれた部屋に愛人、津島さと子を囲ったということか。愛の巣はできる、管理は彼女がしてくれる。一石二鳥だ。彼女が三〇二号室に出入りしていたのは、そこに住む人間が目的ではなかったのだ。橋上健児なる男は紙の上の住人にすぎなかったのだ。

俺がそれを言うと小宮山は、

「その夏のことです。とある用事を栗原に頼まれた私はメトロ秘書センターを訪ね、そこでさと子と知り合いました。で、関係を持ってしばらく経って、彼女が部屋を探していることを知りまして、ああそれならと誠和ハイツに住まわせたのです。栗原の荷物はすべて三〇二号室に移して」

と応《こた》えて、ふうと溜め息をついた。

ちょうどその時、津島さと子が戻ってきた。俺に水割りを、自分と小宮山にはコーヒーを作り、小宮山の横に腰を降ろす。

「今宵のすばらしい出会いに、乾杯」

にやりと笑いながら言って、俺はグラスに口をつけた。

「じゃ、いよいよ核心部分を語ってもらおうか」

「あれは先月の二十二日でした。その日は土曜日で、私は家内と一緒に銀座へ出ていました――」

小宮山は陰鬱《いんうつ》な調子で話を再開した。そして、

「――それから私たちは彼女の部屋に戻りまして、佐緒理の死体をビニール・シートでくるみあげてベッドの下に押しこみ、床を汚した血を拭《ふ》き取り、流しを綺麗《きれい》に片づけ、部屋じゅうに芳香剤をたっぷり撒《ま》いて、そうして私の家、荻窪のマンションへ行きました」

と、ここまで一気にしゃべってしまうと、放心したように宙を見つめた。

「ロックにしてくれ。ついでに流しのまわりも綺麗にしといてくれや」

俺は津島さと子にグラスを渡した。

小宮山が煙草に手を伸ばす。しかし彼の手は中風のおやじのように震えていて、なかなか火が点《つ》かなかった。

「で、その翌日、彼女があんたの女房に化けてここへやってきた」

俺は続きをうながした。

「はい。眼鏡をはずし、鬘《ウイッグ》をかぶり、家内の服を着て、家内と同じ化粧をし、家内の香水をふりかけ、左の薬指にそれっぽいリングをはめて」

「服は死体から脱がせて着たのか？」

「いいえ。自宅に、同じブラウスとスカートがもう一組ありましたので、それを使いました。靴は家内が残したものをはきました」

「黒子《ほくろ》は？」

「演劇用のつけ黒子です。鬘とそれを探すのに少々手間取りまして、こちらを訪ねるのが夕方になってしまいました」

「俺のところを選んだ理由は？」

「特にありません。私と彼女の家にあまり近くないところを電話帳で探したのです」

「俺が断ったらどうするつもりだったんだ？」

「断られることは考えてなかったわ。絶対に引き受けてくれる、引き受けさせてみせる。そう信じて、念じて、ここのドアをノックした」

答は流しのほうから返ってきた。背筋がぶるっとくるような抑揚のない声だった。

「おかわりはどうした⁉　さっさと持ってこんかい！」

俺は大阪やくざのように強がった。

「でも、あなたが私の誘いに乗ってきたのは事実でしょう」

さと子は少しもひるむことなく言い返して、俺の前にグラスを置いた。

「私にもコーヒーのおかわりを」

小宮山があわてて割って入る。

「ただ、一つだけ問題がありました。狂言誘拐の依頼には応じていただけたものの、あなたは非常に慎重で、計画を立てるために幾日か欲しいと言って、すぐに腰をあげようとしませんでした。もっともなことです。私があなたの立場にあってもそうしたでしょう。しかし私たちはあせっていました。蒸し暑い季節のこと、一刻も早く死体を処分してもらわないことには臭いが外へ流れ出てしまう。そう思うと気が気ではありませんでした」

「だからその翌日、なかば強引に俺を動かした」

「はい。彼女の提案……、いや、二人で相談した結果、家内が誘拐された場面を突きつければ、いかに慎重なあなたも動かざるをえないだろうということになりまして、翌日、つまり二十四日、家内に化けた彼女と私は渋谷のLで昼食をとり、そのあと彼女はあなたを誠和ハイツへ誘導し、一方私はLの周辺で家内を探すふりをして、会社に戻ってからも秘書の前で、家内を心配しているふうを装いました」

「で、俺が部屋を出ていくのを待って、死体を部屋のまん中にひきずり出した。その首にパンティーストッキングを、手首と足首に荷造り用の紐《ひも》を巻きつけ、物盗り目当ての犯行と思わせるために、奥さんのバッグから金目のものを抜き取っておいた」

言って、俺は津島さと子に目をやった。さと子はうんともすんとも応えず、小宮山にコーヒーを渡した。

「それにしても」

小宮山が言う。

「あなたの脅迫は見事でした。私は本当に家内を誘拐されたような気分だった」

と苦笑する。

「そりゃそうよ。本気で脅していたんですもの。ね？」

津島さと子が皮肉いっぱいに笑った。

「調子に乗りすぎじゃないか。警察を呼ばれたいか？」

俺は、低く、太くつぶやいた。

「身代金を本当に奪われて肝を潰《つぶ》しましたけど、しかしまあよくよく考えてみるとそれによって、狂言でないことを警察にアピールできたわけですし」

小宮山が言った。フォローのうまい男だ。

「心底あわてたのは、あなたが死体を無視したことです」

「そこで、『人質の心得』を盾に俺を脅したわけだ」

「はい」

「あんたの脅迫も見事だったぜ。びびりまくったもんな」

意趣返しだ。

「いや、あれは……」

小宮山が口ごもった。

「あれは私」

と、さと子。

「あの時私は、四六時中警察にくっつかれていましたので、脅迫電話をかけるのはもちろん、彼女と連絡を取ることさえ不可能な状況にありました」

「彼の言ってる意味、わかります？　脅迫電話は私の独断。あなたが死体をほったらかして逃げたことや、これじゃいけないと私が脅迫電話をかけたことを小宮山さんが知ったのは、ずいぶんあとになってからなの」

女が男の声をまねたため、妙に不自然な低さを持っていたのか。

それにしてもなんてこった。つまるところ、俺はこの女一人に振り回されたわけだ。

「続けていいかしら？」

さと子が言い、俺はしぶしぶ了解した。

「話を少し戻しましょう。二十四日、あなたが私の部屋を出ていった直後のこと。

死体をベッドの下から出した私は、さっきあなたが言ったような工作をして、隣、三〇二号室に移りました。もちろん三〇三号室のドアは施錠しました。不意の訪問者に覗《のぞ》かれたら困りますから。

丸一日経った二十五日の夕方、三〇三号室の電話が三回鳴って切れ、もう三回鳴って切れました。それを聞いた私は、三〇三号室の鍵《かぎ》を開け、三〇二号室であなたの帰りを待ちました。あなたはすぐにやってきて、十五分ほどして出ていった」

そんなに長くいたとは。ほんの二、三分で飛び出したものと思っていた。

「私はこう考えました。便利屋の彼は死体を運搬する車を取りにいったのだ、じきに戻ってくる。

ところが、いつまで待ってもあなたは戻ってこない。どうしたんだろう、もしかして警察に駆けこんだのかしら、と不安になりました。でも、隣が静まりかえっていることを考えると、それは絶対になさそう。それじゃあ、死体を発見してすぐに運び出したのかしら。

私は、そこで、三〇三号室を覗きにいきました。すると死体はそのままの状態で転がっていて、ああ彼は死体をほったらかしにするつもりなんだ、と計画がうまくいっていないことを悟りました。

玄関のほうから音がしたのはその時です。びっくりしてそちらに目をやると、慎重にドアを開けているあなたの姿が、廊下の薄明かりに浮かんでいました。

私はあわててベランダへ出ました。そして手摺《てすり》を伝って三〇二号室へ逃げこみました。直後、三〇三号室の窓が開く音が聞こえたので、本当に間一髪でした」

窓が開いていた真相がこれだ。

「あなたは明け方になって三〇三号室を出ていきましたよね。私は当然、死体を運び出すために戻ってきたのだと思いました。ところがそうではなかった。あなたが出ていったあと三〇三号室を覗いてみると、やっぱり死体は残ったまま。私は考えました。あなたは何のために戻ってきたのだろう。死体をほうっておくつもりなら戻ってくる必要はないのに。何か忘れ物でもしたのかしら。そして、はっと気づきました。私に渡したメモを探しにきたのではないかしら。警察があれを見つけたら——」

「もう言うな」

俺は憮然《ぶぜん》とさえぎった。

「そういうわけで、心ならず、脅迫電話をかけることにしました」

「心ならず、だとぉ？　いいかげんにしろよな」

ロックのバーボンを一気に飲みほし、グラスを彼女に突きつける。

「あんまりお飲みになると体に毒ですよ」

希代の悪女が、ふっと笑う。

「やかましい！　てめえは二度と口を利くな！　ほら、さっさとおかわりを作れって！」

俺は怒鳴りちらした。そのあと、なぜか大きなあくびが出た。

「本当に申し訳ありませんでした。このつぐないは、きっと」

小宮山〝フォロー〟隆幸が言った。

「死体が無事運び出されたことを確認したあと、この女は新宿のホテルに滞在した」

「はい。死体がなくなったとはいえ、三〇三号室ではもう生活できませんでしょう。隣に住むのも気持ち悪いだろうし、だいいちあそこは栗原の荷物でごちゃごちゃしている。そこで、しばらくはホテルに住んでもらって、ころあいを見て引越しをしようと」

また、あくびが出た。二連発だ。

「彼女と連絡が取れないものだから、毎日が不安と恐怖でした。死体はどうなっただろうか。思惑どおり処分してくれただろうか。まさか警察に通報したなんてことはないだろうな。

ようやく連絡が取れる状況になり、作戦の成功を聞かされると、今度は別の不安と恐怖が襲ってきました。そのうち事件が公になる。誘拐報道がはじまる。それを見たあなたが、狂言誘拐を頼んできた人物と家内が別人であることに気づきはしないか」

なんたる不覚。本能で気づいていながら、自分の記憶違いだ、きっと写真写りのせいだろうと、いらぬ理屈をつけてしまった。

「そして最大の恐怖が、永久に見つからないはずの死体がわずか二週間で発見されてしまったことです」

(俺も驚いたぜ。人里離れたところに棄てたのに、ああも簡単に掘り起こされようとはねえ。悪いことはできないよな、お互い)

と言おうとしたのだが、どうしたことか、熱を出した時のように頭がぼーっとして、その言葉を口にできなかった。

「家内が死んだのは誘拐以前、誘拐が発生したとされている六月二十四日より二日前のことであり、死体を詳しく調べることでそれが明らかになったら、言うまでもなく、誘拐そのものに疑いをかけられてしまいます。そして私が捕まるのも必至です。六月二十二日に死んだ人間が、どうしてその二日後、私と一緒に食事できましょうか。

しかしさいわいなことに、死後の時間が経ちすぎているということで、死後二週間前後という曖昧《あいまい》な——」

このあたりから、俺は小宮山の話を憶《おぼ》えていない。

「だいじょうぶですか？」

船を漕《こ》いでいると、小宮山に肩を揺さぶられた。

「だいじょうぶ」

そう応《こた》えたものの、実はちっともだいじょうぶじゃなかった。

目がよく見えなくて、まわりの音が断片的にしか入ってこなくて、立ちあがろうにも腰から下がなくなってしまったようで、まるで泥酔したような感じだった。そんなに飲んだっけ？

だいじょうぶですかだいじょうぶですかだいじょうぶですかだいじょうぶですかだいじょうぶですか——。

小宮山の声が子守歌のような響きをもって俺を包みこむ。彼の手の動きがゆりかごのようなやさしさをもって、俺を底なしの眠りに誘う。
GOOD NIGHT——。

3

「私、ワープロに遺書を打ちこんでいるから、車をこの下まで持ってきて」

「車はどこだろうか」

「近くの駐車場を探して。たしか白い軽トラックだったと思う」

「わかった。ええと、キーはどこだ、キーは……」

乳白色の意識の中に、そんな会話が届いてきた。

「お、おい。何してる?」

呂律《ろれつ》の回らない声で、やっと言った。あいかわらず目の焦点が定まらないが、会話の主たちがソファーにいないことだけは確かなようだった。

「聞きたい?」

女の声が言った。

「でも、聞かないほうがいいわ。そのまま気持ちよく眠ってらっしゃい」

俺は悟った。寸断された思考回路を通さず、本能で悟った。

一服盛りやがったな。話がしたい、悪いようにはしない、なんて言っておいて、こいつら、俺の口を封じるつもりだったのだ。

「な、何を服《の》ませた……」

「だいじょうぶ。ただの睡眠薬よ。それだけじゃ死なないわ」

「………」

「私は注意したはずよ。飲みすぎは体に毒ですよって」

（ちくしょう！）

大声で罵《のの》しろうとしたが、それはかなわなかった。

意識が遠ざかろうとしている。

己を叱咤《しった》して、立ちあがる。

立てなかった。

どうにか腰を浮かせたのだが、とたんに下肢が砕けてソファーから転げ落ちた。

その痛みで少しばかり意識が戻った。だが、立てないことには変わりない。ひっくり返された亀のように、みじめにもがくことしかできない。

俺は絶望した。

その時、激しい音が鳴り響いた。続いて、荒々しい靴音。

来た！　救いの神だ。

「は、浜口さん……」

小宮山の声がした。

「おい。どうした」

誰かが俺の体を抱き起こした。

「救急車だ！　救急車を呼べ！」

「とりあえず吐かせろ！」

怒声が飛び交う。

気づいたら、口の中にぶっとい指を突っこまれていた。

吐くだけ吐いた。胃液の一滴まで絞り出した。その苦痛で一段階目が覚めた。

「ずいぶん、ゆっくりとした、お出ましですね」

俺はあえぎながら言った。

「ばか野郎。だから言わんこっちゃない。芝居がかったことをやろうとするからだ」

格闘家あがりのような男が言った。浜口とかいう名前だったっけ。

「これで、わかった、でしょう。やつらの、やったことが、よく、わかった、でしょう」

小宮山隆幸と津島さと子が連行されていく。後ろ姿《うわて》が消える。

残念だったな、お二人さん。俺のほうが一枚上手《うわて》だったってことよ。おまえたちがやってくる前に警察を呼んで、ある条件を呑《の》ませたうえで何もかも話したのさ。

ある条件とは、俺を囮《おとり》に使ってくれということ。この部屋に盗聴器を仕かけさせ、近くの車の中で、三者会談の一部始終を聞いてもらったのだ。

その結果、一服盛られて命を危うくしたのだから、自業自得といえば自業自得だな。

俺はあの二人が許せなかった。

殺すなんて甘っちょろい。やつらを殺し、わが身を守ったところでどうなる。

殺してしまったのでは、やつらの悪行は永遠の秘密となってしまう。とりわけ、小宮山隆幸は悲劇の主人公扱いだ。

――夫人を誘拐されて、その死体を切り刻まれて、棄てられて、あげくに自身も凶弾に斃《たお》れた。ああ、なんて哀れな人なのでしょう――

冗談じゃない！

たとえこの身を鉄格子につながれようと、やつらの仮面をひっぺがし、小宮山佐緒理殺害の真相を、卑劣な隠蔽《いんぺい》工作を、世間に知らしめてやらないでどうする。ちんけな保身根性など捨ててしまえ。

俺の人生はハード・ラックに支配されていて、どうあがいたところでその呪縛《じゅばく》を断ち切ることはできないのだ。それは今度の一件でよおくわかった。そんな男が人殺しをしたらどうなる。成功するもんか。返り討ちに遭うか、殺したとたんにお縄頂戴《ちょうだい》だ。

だったら俺の人生は小宮山佐緒理にくれてやる。こうして恥をさらけだしたところで、それを嘆き悲しんでくれる身内も恋人もいない。

俺は小宮山佐緒理という女を知らない。現実には一度として会ったことがない。だが俺の心の中には、俺が描いたところの小宮山佐緒理が今なお存在していて、小宮山隆幸の悪事を知った時、俺はむしょうに彼女が憐《あわ》れに思え、やりきれない気持ちになった。俺は、だから、俺の中の彼女のために鎮魂曲を歌うのだ。

「ソファーで休んでろ。救急車が来たら運んでやる」

浜口が言った。俺は素直に従った。

安堵《あんど》からか、ふたたび意識がぼやけてくる。

目覚めたら警察だ。三人仲よく臭い飯を食おうぜ。もっとも俺は、おまえたちより先に娑婆《しゃば》へ戻ってくるがな。

さあ、今度こそ、

GOOD NIGHT。

あとがき～あるいは読前の注意

本書の119ページに、次のような記述があります。

〈アメリカでは「相手先の電話番号をリアルタイムで知らせる」サービスが実用化されている。電話機に専用の装置を取りつけておくと、呼び出しのベルが鳴っているまさにその時に、発信者側の電話番号がディスプレイ表示されるのだ。(中略)わが日本のNTTでは、その種のサービスを実施していない。〉

おかしな記述です。ご存じのように、日本でも、発信者番号表示のサービスがはじまっています。
235、236ページには、こうあります。
〈三桁の市内局番を持っている地区はごく少ない。首都圏にかぎれば、横浜市、川崎市、埼玉県の中心部、の三ヵ所だけである。〉

〈三桁の市内局番を持つ地区はほかにもある。札幌、仙台、新潟、静岡、浜松、名古屋、京都、大阪、神戸、広島、北九州、福岡、熊本。〉

これまたおかしな記述です。前橋や千葉も三桁です。盛岡も、岐阜も、松山も、那覇《なは》も——、市内局番が三桁の地区を挙げていったらきりがありません。

そして、最も違和感を覚えるのが、48ページの記述です。

〈小宮山は自動車電話の上に手を置いた。〉

自動車電話！　運転席と助手席の間に据えつけられた、ある意味ステイタスシンボルであった、あの自動車電話です。さらに、こうも書いてあります。

〈自動車電話——車載兼用のショルダーホン——をボストンバッグに収め、武蔵小山の駅へ歩いた。〉（116ページ）

何で携帯電話をポケットに突っ込まないの？


本作を執筆したのは一九九一年、このあとがきは一九九七年に書いています。このたった六年の間に、通信をとりまく状況は、まったく変わってしまいました。

国際電話の料金が大幅に下がり、GPSを利用したカーナビゲーション・システムが登場し、ポケットベルが中高生の必須アイテムとなり、インターネットが一般化しました。

その変化の中でも、とりわけ僕を驚かせたのが、携帯電話（PHS）の爆発的な普及です。なにが凄《すご》いって、世代や職種を超えて広まったことです。同時期にパーソナル・コンピュータもブレイクしましたが、しかしパソコンは今のところ（一九九七年の時点では）、一般生活の中に溶け込んでいるとはいえません。ところが携帯電話は違います。もはやテレビやエアコンと同レベルで語られるアイテムで、体の一部にすらなっています。部屋には電話回線を引いていないけれど携帯は持っている、という若い世代も少なくありません。

本作品の文庫化にあたり、この劇的な変化をふまえたうえで、加筆修正したほうがいいのではないかと考えました。どんな小説も時間経過とともに内容が古くなるとはいえ、電話の世界の変化はあまりに急でした。少なくとも、自動車電話は携帯電話と書き換えるべきではないか。そのほうが、読んでいてしっくりきます。また、作中使われる電話トリックの中には、現在実行不可能なものもあります。

しかし、あえて手を加えないことにしました。

理由の一つは、携帯電話が普及している時代なら、それを有効活用した、もっとエレガントな電話トリックが考えられるからです。だからといってトリックまで変えてしまうと、まったく別の作品になってしまいます。

二つ目の理由は、たとえいま一九九七年のスタンダードで書き直したとしても、三年先にはもうスタンダードでなくなってしまうからです。近い将来には、携帯電話に画像送受信の機能が付加されるかもしれません。機械は豆粒ほどの大きさになり、男も女もそれをピアスのように体内に埋め込んで、ケイタイという言葉が死語になるかもしれません。通信の世界の進歩はそれほど著しいものがあります。

本作品は、時代が一九九一年であることを念頭に置いてお読みください。古くさい記述にぶつかった際は、その当時のご自身を回想してください。また違った味わいがあろうかと思います。

歌野晶午@携帯不使用

角川文庫版あとがき

先のあとがきを書いて八年、やはりというか、時代はまたも大きく動きました。

東急目蒲《めかません》線という路線名は消滅しました。

タワーレコード渋谷店は宇田川町《うだがわちょう》から神南《じんなん》に移転しました（これは一九九五年のことなので、先のあとがきでの書き落としですね）。

パソコンは一般生活の中に完全に浸透し、七十を超えた我が両親もブロードバンド接続を楽しんでいます。

携帯電話は、画像どころか映像まで送受信でき、ゲームはできるし音楽は聴けるし電子マネー機能ありGPSナビに指紋認証と、その進化はとどまるところを知りません。

ダイヤル式の黒電話や自動車電話を見たことがない人も、決して珍しい存在ではなくなってきました。

本作に二〇〇〇年に、中田秀夫監督によって「カオス」というタイトルで映画化されました。その中で自動車電話は携帯電話に置き換えられ、その他の小道具や風俗も、時代に即して不自然のない形で変えられていて、ああなるほど、こうやってアレンジすればいいのかと感心させられました。

　しかし今回の文庫化に際しても、基本的には手を加えませんでした。

「さらわれたい女」はあくまで、一九九一年に発生した事件なのです。


　本作にかぎらず、自分の過去の作品を読み直してみると、描かれている風俗や言葉が風化していて、とまどったり赤面させられたりします。

　ならばいっそ、流行《はや》りものには手を出さず、高校生にヤバイチョーウケルーマジウゼーなんて喋《しゃべ》らせず、流れる音楽はクラシックのみ、としてはどうだろうか。そうすれば時代に左右されない普遍性の高い作品となる。謎解きを中心に据えたミステリーの場合、同時代性を排して書くことは、できない相談ではない。

　たしかにそうなのですが、でもやはり僕は「今」を描きたい。その思いが強くあります。今この時代だから成立するトリック、今この時代にしか書けないテーマ、今この時代を生きる人々だから感じる殺意、恐怖、悲哀。

　そういうふうに今を切り取って残すことで、自分がその時代を生きた証《あかし》にしたい――というのはカッコつけですが、いま自分がここに生きているのなら、そこでじかに見、聞き、使い、食べ、乗った事物を活用しないのは、なんとももったいないと思うのです。

アルタイムの体験は、どんな文献にもまさります。
だからこれからも、思いっきり時代に迎合した方向で、ミステリーというものを追究していくつもりです。

二〇〇六年一月

歌野晶午@携帯導入済

解説

法月綸太郎

「まだやっていないこと」というのが、僕たちが小説を書く時にいつも持っていた気持ちでした。他の人がすでにやり終えたものであっても、それが自分にとって「まだやっていないこと」なら、僕たちはそれに飛びつきました。

岡嶋二人「ゲーム・オーバー――あるいは夢の終わり」

二十一世紀を迎えてから、歌野晶午氏のスキッツォイドな活躍ぶりは、まさに向かうところ敵なしの感がある。

各種のベストテンで上位を独占し、第四回本格ミステリ大賞と第五十七回日本推理作家協会賞をダブル受賞した『葉桜の季節に君を想うということ』(〇三)は、その象徴といってもいいだろう。この作品を契機に、歌野氏はミステリシーンの最前線をになう異能の書き手として、圧倒的な読者の支持を得たが、九〇年代末からの充実した作品群を見れば、氏のブレイクは、時間の問題だったように思われる。

こうした歌野氏の快進撃は、九五年、三年間のブランクを経た後、「死と再生」を期して書かれた渾身《こんしん》の長篇『ROMMY』をスタート地点とする、というのが、ミステリ界の常識である。

しかしわたしは、ここであえて通説に異論を唱えてみたい。現在の作風の原点は、ブランク直前の九二年に発表された本書『さらわれたい女』なのだ、と。

何を寝ごとを言っているのか、という声が聞こえてきそうだけれど、ちゃんと根拠のある話なので、しばらくお付き合い願いたい。『さらわれたい女』という作品の、注目すべきポイントは三つ——①本書が誘拐ミステリだということ、②狂言誘拐の共犯と探偵の二役を兼ねる主人公の職業が「便利屋」に設定されていること、③発表当時の技術を駆使した、きわめつきの電話ミステリであること。

まず①について。『さらわれたい女』は、ある男女の出会いのシーンを切り取ったプロローグで幕を開ける。作者はこのプロローグで、狂言誘拐の舞台裏を明かしてから、被害者の夫の視点と、身代金誘拐を実行する犯人側の視点を交互に描いていく。一人称と三人称の叙述を使い分け、時間的な順序をシャッフルしたスリリングな構成は、この時期から歌野氏が得意としていた語り口で、この手法が『葉桜の季節に君を想うということ』にも引き継がれていることは、言うまでもないだろう。

ところで、歌野氏は本書のほかに、二冊の誘拐本を書いている。『ガラス張りの誘拐』（九〇）と、『世界の終わり、あるいは始まり』（〇二）がそれだ。前者は、歌野氏が初めてこのテーマに挑戦した作品だが、タイトルから想像されるような誘拐ミステリの長篇とは、いささか趣がことなる。正確には、三つの失踪《しっそう》事件をある趣向でリンクさせた連作中篇集で、誘拐テーマとがっぷり四つに取り組んだものではないからだ。後者は、小学生の息子が連続誘拐事件に関与しているのではないか、と気づいた父親の煩悶《はんもん》を軸にした野心的な長篇で、この作品については、のちほど詳しくふれよう。

つぎに②について。「便利屋」というキャラクターは、プロの警察官でも、天才型の名探偵でもない、足で捜査するフリーランサーである。『長い家の殺人』（八八）でデビューしてから、歌野氏はしばらくの間、信濃譲二という風来坊タイプのシリーズ名探偵を連続登板させていたが、やがて信濃は表舞台から去り、興信所の調査員や「何でもやってやろう屋」的な人物を、一作限定の探偵役に起用することが多くなる。『さらわれたい女』の主人公・黒田は、そのプロトタイプ的な存在といえるのではないか。ちなみに本書では、黒田が警察官を装って聞きこみに回るシーンがあるが、同様の場面は、〇五年の『女王様と私』の中で、もっと辛辣《しんらつ》な処理を施されている。

最後に③の電話づくしのモチーフについて。誘拐ミステリでは、身代金受け渡しのテクニックと並んで、脅迫電話を警察に逆探知されないための工夫が必要になる。本書では、逆探知を回避するために、九二年当時のありとあらゆる手段を用いているだけでなく、真相の一端がのぞく場面でも、電話が重要な役割を果たしている。『さらわれたい女』をきわめつきの電話ミステリ、と評した所以《ゆえん》はそこにある。

作者が「あとがき」でふれているように、携帯電話の普及とデジタル通信技術の進化によって、そうした箇所がいちいち古めかしく見えてしまうことは否めない。本書は、二〇〇〇年に『カオス』というタイトルで映画化されており（中田秀夫監督、萩原聖人・中谷美紀主演）、映画版ではごく普通に、携帯電話が使用されていた。

ただし、進歩しすぎたテクノロジーは、一般読者にとって、問答無用の魔法と区別がつかない。むしろミステリの場合、「携帯以前」の技術水準の方が、アナログなトリックや作者の工夫をイメージしやすいという見方もできなくはないだろう（何でもかんでも「とばし」の携帯で処理してしまう最近の風潮は、かえって面白味に欠けるし、監視社会化が進む一方で、ローテクな犯行の方が意外に足がつきにくかったりするご時世だから、よけいにややこしい）。映画版の『カオス』は、ラストを除けば、かなり原作に忠実なシナリオだったけれど、技術的なディテールをカットしたせいもあって、電話ミステリという原作の持ち味が、かなり希薄になっていたことを付け加えておく。

話を本筋に戻そう。こうした電話づくしのモチーフと、誘拐テーマの結びつきは、八八年に発表されたある長篇を連想させる。当時のハイテク通信技術を駆使して、百パーセントの完全犯罪をめざした、国産誘拐ミステリの金字塔といえば、今ならピンとくる読者も多いはずだ。「この文庫がすごい！　２００５年版」の「ミステリー＆エンターテインメント部門」で一位になった、岡嶋二人『99％の誘拐』のことである。

ここで伝説の合作コンビ、岡嶋二人の名前を出すのは、牽強付会《けんきょうふかい》の思いつきではない。『葉桜の季節に君を想うということ』の巻末に収められた「スペシャル・インタビュー」で、歌野氏がつぎのように発言しているからだ（文中「島田さん」とあるのは、もちろん島田荘司氏のこと。傍点は、引用者が付した）。

【好きな作家】

江戸川乱歩は子供の頃からずっと、今でも好きですね。現役の作家では、島田さんと、それと同時期というか、ちょうど勤めていた時期によく読んでいたのが岡嶋二人さんです。じつは、島田さんより先に岡嶋さんの作品を読んでました。その頃、競馬をよくやっていたんで、ミステリとしてというより、競馬小説の一つとして読みました。当時はギャンブル小説をずいぶん読んでいたんです。阿部牧郎さんとか新橋遊吉さんとか。むしろミステリからちょっと遠ざかっていたんですが、岡嶋さんの作品を読んでミステリはおもしろいなと思って、それからまた、その頃の作家のものを読み始めたんです。そのうちに島田さんの作品を見つけて、あー、こんなの、いま頃、書いてる人がいるんだと思って、それで一気に全部読みました。

歌野晶午氏といえば、「小説現代」に掲載された島田荘司氏のエッセイを読んで自宅を訪ね、アドバイスを得ながら作家を志したエピソードが有名だろう。島田氏の推薦を受け「新本格一期生」としてデビューした歌野氏は、『ROMMY』で復活した後も、『ブードゥー・チャイルド』(九八)や『安達ヶ原の鬼密室』(〇〇)のような「奇想系本格」の秀作を発表しており、「島田理論」の体現者というイメージが根強くあるけれど、その一方で、島田作品に出会う以前に、岡嶋二人による刷りこみを受けていたという告白を、無視することはできない。

というのも、とりわけ今世紀に入ってから、歌野作品が「新本格」の呪縛《じゅばく》から自由になっていく過程において、岡嶋二人的な作風の影響が、随所に現れてくるからである。あたかも地底を流れるマグマが、溶岩となって地上に噴出するように！

その顕著な例として、前述した『世界の終わり、あるいは始まり』という長篇を見てみよう。数ある歌野作品の中でも、もっとも実験色の濃い作品だが、この小説には、三本の柱がある——（A）身代金誘拐、（B）少年犯罪と父子の絆《きずな》、（C）シナリオ分岐型ノベルゲームのマルチエンディング方式を、力技で一本の長篇に仕立てたような構成。

岡嶋二人という補助線を引いてみれば、これらの構成要素がどこから由来したものか、はっきりと見えてくるはずだ。（A）については、言うまでもない。岡嶋二人は、誘拐ミステリのさまざまなパターンを開拓し、「人さらいの岡嶋」の異名をとった作家である。（B）に関しても、中学生の息子の死の真相を、父親が追及する『チョコレートゲーム』（八五）の影響がかいま見える。さらに（C）の多重化する世界像は、ゲーム・ブック形式で書かれた『ツァラトゥストラの翼』（八六）や、ヴァーチャル・リアリティを扱った『クラインの壺』（八九）の存在を見落とせない。

したがって、『世界の終わり、あるいは始まり』という作品は、実験的なスタイルを採用した前衛ミステリの文脈で語るより、「二十一世紀の岡嶋二人は、この俺だ！」という力強い宣言と受けとった方がいいのではないか。その後の歌野作品のめざましい充実ぶりも、この路線がまちがっていなかったという確信に支えられているように思える。

ずいぶん回り道になったが、ようやく本書の重要性を語ることができる。『さらわれたい女』という作品を、現在の歌野氏の作風の原点に据えるのは、これが「二十一世紀の岡嶋二人」路線を予告しているからにほかならない。

ひょんなことから訳ありの女と出会ってしまったせいで、皮肉な運命にもてあそばれる『さらわれたい女』の主人公は、『葉桜の季節に君を想うということ』の成瀬将虎、『女王様と私』の真藤数馬のプロトタイプである。とりわけ、『女王様と私』に登場する「脳内妹」の絵夢というキャラクターは、岡嶋二人的なコンビ探偵と、合作ユニット解消後、ソロになった井上夢人氏による発展型『ダレカガナカニイル…』（九二）の二十一世紀バージョンといってもいい。

前記のインタビューの中で、歌野氏は本書に関して、「この作品は、ちょっとB級のサスペンスみたいなものを最初から想定して書きました」とコメントしているが、その際、『99％の誘拐』を頂点とする「人さらいの岡嶋」の作風を念頭に置いていなかったはずがないだろう。最初に指摘した三つのポイントのうち、①と③については、リスペクトの対象が明らかだ。また②の「便利屋」の設定に関しても、岡嶋作品には『なんでも屋大蔵でございます』という、そのものずばりの短篇集がある。

言いかえれば本書は、歌野氏が島田荘司氏の引力圏内から離脱して、岡嶋二人的な作風へシフトしていく最初の試みだったことになるけれど、発表当時はそのチャレンジ精神が十分に理解されたとは言いがたい。島田荘司―「新本格」という強固なラインから生じる「本格回帰」の流れ、すなわち「第三の波」の中で、岡嶋二人という「プレ新本格」的な作風へのシフトは、逆コースのように見えたからだろう。おそらくそのことが、歌野氏に三年間の沈黙を強いたにちがいない（註）。

だが、今や風は逆向きに吹いている。「二十一世紀の岡嶋二人」路線で地歩を固めた歌野氏が、これからどんな領域をめざすのか？「まだやっていないこと」への新たな挑戦を期待して、ますます目が離せない。

（註）これは余談だが、岡嶋二人の三年後、江戸川乱歩賞を受賞してデビューした後輩の東野圭吾氏が、数々の秀作を連発しながら、「新本格」ムーブメントに押されて、妙に影が薄かったのも同じ時期である。しかし、「第三の波」の浸透と拡散が進行した九〇年代の半ばあたりから、岡嶋・東野ラインは、しだいに息を吹きかえし始める。東野氏が本格シーンの中心に舞い戻ったのは、九六年のシニカルな本格パロディ『名探偵の掟』。『ROMMY』でカムバックした歌野氏が、「裏本格」と銘打った『正月十一日、鏡殺し』を刊行したのも同じ九六年で、こうした符合はけっして偶然ではないと思う。

余談ついでに書いておくと、歌野晶午氏と東野圭吾氏は、しばしば、作品のテーマや題材がニアミスすることがあって、特に分身・人体改造テーマや、叙述トリックに対するアプローチの仕方など、お互いにライバル視しているわけでもなさそうなのに、不思議とシンクロすることが多い。未読の読者の興をそぐことになるので、具体的な作品名は挙げられないけれど、実は本書もそうしたニアミス例のひとつなのである。

本書は一九九七年十一月、講談社文庫より刊行されました。

さらわれたい女《おんな》

歌《うた》野《の》晶午《しょうご》

角川文庫 14086

平成十八年一月二十五日　初版発行
平成二十一年十二月二十日　五版発行

発行者―井上伸一郎
発行所―株式会社角川書店
東京都千代田区富士見二―十三―三
電話・編集（〇三）三二三八―八五五五
〒一〇二―八〇七八

発売元―株式会社角川グループパブリッシング
東京都千代田区富士見二―十三―三
電話・営業（〇三）三二三八―八五二一
〒一〇二―八一七七
http://www.kadokawa.co.jp

印刷所―暁印刷　製本所―本間製本
装幀者―杉浦康平

う 14-3　ISBN978-4-04-359503-7　C0193